Für einen Werbegrafiker ist Berlin vor der Jahrtausendwende eine Oberfläche, unter der nur ein Credo zählt: Wachstum. Eigene Erfolge sind die Insignien und zugleich Attitüden der aufstrebenden Endzwanziger auf den rauschenden Partys der jungen Berliner Republik. Rücken die Niederlagen im eigenen Umfeld näher, wechseln die Protagonisten über Nacht die Rollen oder driften in Doppelleben ab, um nicht nackt zu erscheinen.

Organisches Wachstum scheint den Akteuren vor dem Durchbruch ins neue Jahrtausend unmöglich. Konsum und Karriere suchen die aufkeimende Frage nach dem eigenen Lebensstandpunkt zu verkleiden. Am Ende ist der kurze Roman die unheilbare Sinnsuche eines Namenlosen zwischen Zugehörigkeit und Individualität.

Andreas van Hooven, 45, hat für Medienagenturen gearbeitet und die Pressearbeit zweier Städte verantwortet. Aktuell ist er für Stiftungen in kultur- und bildungspolitischen Fragen tätig. Der promovierte Musikwissenschaftler lebt mit seiner Familie in Oldenburg. Sein nächster Roman *Klangkörper* erscheint Ende 2017.

Weitere Informationen unter www.stadt-der-platanen.de

Stadt der Platanen

Information der Deutschen Nationalbibliothek: Die Deutsche Nationalbibliothek verzeichnet diese Publikation in der Deutschen Nationalbibliografie; detaillierte bibliografische Daten sind im Internet über dnb.dnb.de abrufbar.

Copyright © by Andreas van Hooven 2016 | All rights reserved | Herstellung und Verlag: BoD – Books on Demand, Norderstedt | ISBN 978-3-7392-4591-1 | Umschlagfoto: Veronika Žohová, mit freundlicher Genehmigung |

STADT DER PLATANEN

Andreas van Hooven

Roman

Für Christiane

And my heaven will be a big heaven
And I will walk through the frontdoor

Peter Gabriel
Big time

Im Grunde besitze ich einen Ruhepuls von etwa 57 Schlägen. Das Teleskop ist vor mir auf die Sterne gerichtet und ich liege im Gras und zähle die Grillen in der Nacht. Es bringt mich aus dem Takt, wie sie zirpen, zwischen meinen Herztönen wild durcheinander singen und ich hebe den Kopf in die Höhe und blicke über den Wald: Noch funkeln die Sterne, noch funkeln die Lichter der großen, erneuten Hauptstadt unseres Landes – die Luft verändert sich also weiterhin. Ich liege oben auf den Trümmern des Zweiten Weltkrieges. Gleich draußen vor der Stadt rauche ich langsam vor mich hin, wo nun Gras über die zerstörten Häuser Berlins wächst und Liebespaare in den Nächten auf das Zentrum blicken, ehe sie mit lockeren Schritten hinab zum Teufelssee schlendern, ein paar Bahnen durch das glatte Wasser im Wald ziehen und ihre Freiheit genießen. Ich träume zu viel in der Gegend herum. Besser nehme ich noch einen kurzen Zug. Ab und an schaffe ich es sogar, einen satten Kringel um das Siebengestirn zu setzen – allmählich habe ich Übung darin.

Es sind warme, klare Nächte, seit ich meine Stelle in der Agentur verloren habe. Vielleicht bleibt mir ein Monat, bis das Geld ausgeht oder ich sollte den Wagen abmelden, Steuer und Versicherung ganz sparen, eventuell bestehen weitere Möglichkeiten, schließlich kenne ich den einen oder anderen hier, der gute Tipps auf Lager hat – im Moment sitze ich allerdings allein.

Die Straßenbeleuchtungen dringen durch die Baumkronen und sie färben die Blätter auf den Alleen in einem Gelbgrün, als sei der Herbst mit der Dämmerung bereits hereingebrochen.

Ich schmeiße den Motor gegen 21 Uhr an und fahre los. So läuft es seit fünf Tagen. Es geht Richtung Westen über eine breite Ausfallstraße, die sich über Hügel bis zur Havel an die große Flussbreite schwingt. Hier wehen einem fremde Haare aus den Cabriolets entgegen, lange ungestüme Haare im Sommerwind. Ich wähle immer Ricky's theme, ein Stück ohne Gesang von den Beastie Boys und die Atmosphäre in meinem Wagen ist ziemlich energielos. Ich drehe die Lautstärke auf – man kennt das Lied hier seit fünf Tagen entlang der Straßengräben, während die blonden oder braunen, langen Haare mit den Cabriolets in das Zentrum rasen, sich dort zu vergnügen. Manchmal überlege ich die Handbremse zu ziehen und das Steuer herumzureißen.

Wenn ich nicht ans Wasser fahre, postiere ich mein neues Teleskop auf dem Berg und hoffe auf das Beste wie in jeder letzten Nacht. Es ist die Woche der Sternschnuppen und sie verglühen unter dem dunklen Firmament, als wäre unser Planet in den Händen eines kindlichen Gottes, der ihn mit Goldstaub beschießt. Für zwei, drei Stunden liege ich da und träume, nehme selten das Okular heran und fühle mich verwachsen mit dem Trümmerberg. Ich spüre mein Herz, wie der Brustkorb tanzt und in Gedanken sehe ich meinen Chef und in seinen Händen die Papiere, die er mir gab:

„Wir werden sie freistellen, das wissen sie doch?"

Als ich verneinte, sagte er:

„Na, dann wissen sie es jetzt."

Ich sehe mich um. Ich blicke auf die alte Abhörstation der Amerikaner, die sich weiß über den Wald erhebt und schweigt über den Wipfeln wie eine Kreatur in stoischer Neugier. Der Wind spielt mit den Peilantennen und den weißen Verkleidungen der Radare. Es sei eine typische Geschichte, sagen meine Leute: Maxell und Heidi, Theodor und Doreen und auch Melanie und Adelheid. Meinem Chef sei es zu bunt geworden. Das Konzept liegt nun in seiner Schublade – mein Konzept. Er rief beim Kunden an und die Präsentation der Wahlplakate ging zurück in unsere Agentur, und zwar zu seinen Händen. Ich hatte ihn nicht informiert, das stimmt. Am Ende ist das aber völlig gleichgültig – die Ruhe, mich mit den Sternen zuzudecken, ist fort. Mir fehlt Arbeit und ein Quäntchen Glück.

Ich rapple mich hoch und drücke die Zigarette ins Gras und blicke auf die Einflugschneise des Flughafens, sehe wie die Flieger in einer Seilbahn durch den Nachthimmel schweben und ihre Positionsleuchten funkeln lassen, ehe sie zwischen Bäumen und Häusern verschwinden. Ich sehe durch das Okular und ziehe das Teleskop langsam über die Sterne, vom rötlichen Arktur im Westen hoch bis zur Wega, die das Sommerdreieck schließt. Die Woche der Sternschnuppen ist bald vorüber: Ich sollte meine Sachen packen oder eine neue Konzeption entwerfen, eine zündende Werbung, wie ich sie seit langer Zeit im Kopf habe. Doch mir fehlt das Geld, am Monatsende wird es knapp für die Miete. Ich könnte das Teleskop verkaufen. Das Sommerdreieck wirkt ohnehin viel schöner, sieht man es mit bloßem Auge – ich fahre das Stativ zusammen und stecke mir eine neue Zigarette an, gehe zum Parkplatz hinunter und blicke auf den kleineren Drachenberg: Bei Tag mutet die verschlungene und dicht vom Grün bedeckte Treppe an, als geleite sie in die Hängenden Gärten. In diesen Tagen lässt man seine Drachen oben bereits steigen und einige Unverbesserliche bauen ihre Paraglider auf und heben unter den schwachen Winden nie wirklich ab.

Ich betrachte meine Glut und den Asphalt vor meinem Wagen: Dort liegt ein Stück Rinde an der Fahrertür. Sie scheint von einer Platane zu stammen. Aber ringsum stehen nur einheimische Birken und andere Bäume, die ihre Schale nicht absprengen. Ich werfe die Borke zur Seite und steige ein. Warte noch ein bisschen, sagt Maxell immer, nur etwas

Geduld. Doch seit Wochen schlägt mein Herz das Blut nun dreistellig durch die Arterien.

Ich wohne im Westteil der Stadt und für die Nächte verschlägt es mich in den ehemaligen Osten. Das geht mir durch den Sinn, während ich die Ausfallstraße zurückfahre. Zuvor habe ich ein Schokoladeneis bei Emporio gekauft, ich nehme immer drei Kugeln Schokolade mit Kokossplittern obendrauf. Das Mädchen bei Emporio war von meinen Haaren beeindruckt, die ich vor Tagen abgeschnitten habe und silbergrau färbte. Wenn ich das Verdeck meines Wagens abgenommen habe, stehen sie im Fahrtwind zu Berge und das Mädchen musste schmunzeln, als ich ihr erklärt habe, ich sei auf der Suche nach einem Werbejob für Aluminiumfolie. Als sie fragte, ob ich Kleingeld hätte, da zwinkerte ich zweimal mit dem linken Auge und sie wusste Bescheid: Kupfer und Messing waren nicht meine Favoriten.

Das Eis von Emporio beginnt zu tropfen und ich lecke einige Male dran, bis alles in Ordnung ist. Sie spielen Coldcut im Radio, zwei Diskjockeys aus London. Ich habe nie von ihnen gehört und drehe lauter. Eigentlich habe ich keine Lust in meiner Wohnung vorbeizuschauen und fahre quer durch die Stadt, bis meine Leute in der Aktionsgalerie sind. Es ist fast Mitternacht und ich wundere mich, aus welchem Grund Emporio neuerdings so lange geöffnet hat. Die Waffel neigt sich dem Ende zu und ich überlege, warum es beim Pizza-Service Wärmeboxen, beim Eiscafé aber keine Kühlboxen gibt.

Lange Haare flattern in den Cabrios neben mir. Eine hübsche Blonde mit einem Barchetta kaut jedes Mal auf ihren Fingernägeln, wenn wir uns einer Ampel nähern und ich muss mich vorsehen, nicht auf den Kofferraum meines Vordermanns zu rasen, weil sie plötzlich zu mir schaut.

Ich kenne sie von einer Party oder sie kennt mich. Seit ich in dieser Stadt bin, erlebe ich das häufiger. Man kann sich die vielen Gesichter unmöglich merken. In meiner letzten Stadt war es lockerer, man konnte sich elegant behelfen. Man sah den Frauen tief in die Augen und entweder drehten sie den Kopf sofort zur Seite: Dann hatte man sich bei der letzten Party blamiert. Oder sie blieben mit den Augen bei dir: dann nicht.

Ich zwinkere ihr zu. Sie zeigt auf ihre Haare, meint wohl meine silbergraue Farbe. Irgendwoher kenne ich sie ganz bestimmt und mache eine scherzende Handbewegung. Es gab ein paar Abende in der Vergangenheit, an die ich mich nicht gut erinnere, vorsichtshalber grüße ich schon mal unaufgefordert. Doch dann biegt sie auf die Autobahn ab und ist verschwunden. Außerdem wollte ich zu den anderen.

Es ist spät und der Mond verschwindet hinter den Häuserzeilen. Langsam gleite ich mit dem Verkehr die Straße des 17. Juni hinunter. Es ist still, diese Straße ist still, auch wenn die Motoren links und rechts sich drehen und manches Wageninnere noch dumpfe Beats versprüht. Nach der Siegessäule rauscht man auf das erleuchtete Brandenburger Tor zu und an den Straßenrändern stehen Laternen mit gedämpftem Licht aus den 30er Jahren. Das Gerüst für die neue Reichstagskuppel taucht hinter den Bäumen auf und ich zünde mir einen Joint an und inhaliere. Selbst wenn ich leer bin, weiß ich eine Menge über die Sehenswürdigkeiten. Sie spielen ein zweites Stück von Coldcut – morgen werde ich die Platte kaufen. Auch Maxell könnte sich für die Musik begeistern.

Ich werde langsamer, der Tacho zeigt noch für eine Sekunde die gleiche Geschwindigkeit und die Farben sind nun eindringlicher. Mein Puls beruhigt sich, ich biege auf eine Umgehung ein und fahre die Straße Unter den Linden hinauf, wechsle die Spuren – die Aktionsgalerie ist nicht mehr weit.

Ein Joint mittleren Umfangs reicht von der Siegessäule bis zu den Hackeschen Höfen. Oder vom Platz der Luftbrücke – an dessen Hang ich wohne – bis zur gleichen Stelle. Ich ziehe ein letztes Mal und werfe ihn aus dem Wagen und zünde mir eine Zigarette an. Alles fließt dahin im Verkehr. Mit Zigarette erscheint es mir günstiger: Die Sommernacht entlang der Straße Unter den Linden verleiht ein Kribbeln auf der Haut, weil der Fahrtwind ins Wageninnere strömt, als sei nichts anderes von Belang. Ein Fahrer vor mir steigt in die Bremsen und ich wäre ihm beinahe auf das Heck gerast. Ein schnelles Manöver hilft mir auf den Linksabbieger und ich bin schon in dem Viertel, das ich gegen Abend häufig aufsuche. Ich parke den Wagen und gehe zur nächsten Ecke. Man sieht die Kuppel des Fernsehturms von diesem Punkt aus – zwei helle Positionsleuchten flammen an der Spitze auf, scheinbar zeitgleich. Mein Hemdkragen sitzt eng: Ich löse einen Knopf und gehe auf den Eingang zu.

Um diese Zeit ist die Aktionsgalerie bereits gefüllt. Ich dränge mich am Tresen vorbei in den hinteren Bereich, der Platz zum Stehen bietet, sehe mir die Leute an und bestelle ein Tonic Water. Der Diskjockey legt Coldcut auf, die ich jetzt kenne: das Stück über die Abholzung des Regenwaldes. *Timber* heißt es. Er wohnt bei einer Bekannten von mir, die Straße ein Stück weiter. Ich nicke ihm verhalten zu und führe mein Glas wieder an die Lippen, blase Luft in das Tonic, worauf der frische Geruch in meine Nase dringt. Die Musik bleibt Untermalung, auch wenn sie laut ist. Ich bewege mich gern in diesem Publikum. Es sind gut gekleidete Gruppen von Leuten an die Dreißig. Entweder sind sie müde von ihrer Woche im Büro oder sie machen auf Kunst und Kultur und beginnen den Freitagabend in der Aktionsgalerie. Frauen tragen ihre Bäuche hier nicht frei, um dadurch erotischer zu wirken. Von Techno-Szene ist nichts zu sehen.

Dann kommt Maxell rein und winkt mir zu. Bei ihm dauert es länger, bis er sich zur Theke durchgedrängelt hat – er bringt 220 Pfund auf die Waage. Auf den ersten Blick ahnt man es kaum, weil er sich geschickt kleidet.

Eine Bedienung grinst jeden zweiten männlichen Gast an. Ich müsste bis zum Morgen bleiben und beobachten, ob sie Erfolg hat und in Begleitung nach Hause geht. Vorstellen kann ich mir das nicht. Ich sehe mich um, die Wände sind sehr hoch und weiß – eigentlich ist es karg hier.

„Was macht die Kunst?"

„Hallo Maxell!"

Er klopft mir auf die Schulter und greift sich einen Barhocker.

„Wo sind die anderen?", fragt er.

„Kommen wohl gleich."

„Du kratzt schon wieder an den Armen."

Ich ziehe die Hemdsärmel runter und stecke mir eine Zigarette an. Maxell hat seinen Namen, seit er richtig zugedröhnt eine Kassette aus der Gosse zwischen den Damen vor dem Monbijouplatz fischte und sie in die Luft hielt wie ein Sakrileg: Seltener Live-Mitschnitt von Miles Davis, meinte er damals und tippte mit dem Finger auf die Beschriftung und begann fleißig, die vielen Meter Chromdioxidband zwischen den Pfennigabsätzen der Damen aufzurollen. Wir gingen in der Zwischenzeit auf ein paar Biere los. Es dauerte. Tatsächlich hatte er anderthalb Stunden Tony Marshall, den Schlagersänger, aus der Gosse aufgerollt und die Jungs meinten einhellig, von nun an solle er Marshall heißen. Doch das passte nicht zu ihm.

„Hat sich wer auf deine Bewerbungen gemeldet?", will er wissen.

Ich winke ab und frage ihn, was er trinken möchte. Ein dunkles Weißbier, meint er, und ich gebe die Bestellung bei der Bedienung auf, die immer grinst, wenn ihr ein Mann vor die Flinte läuft. Ich drehe mich wieder um und biete ihm eine Zigarette mit der Frage an, was er mitgebracht hat. Nicht viel, meint er und nennt mir die paar Sachen.

„Klappt's mit dem Geld?", fragt er und warum ich mir die Haare silbergrau gefärbt hätte, worauf ich entgegne, damit er danach fragen könne wie all die anderen Leute auch.

„Schon gut, schon gut", sagt er.

Ich bestelle mir ein neues Tonic Water.

„Weißt du schon das Neueste?", fragt er.

Er wirkt geschäftig, doch ich habe keine Ahnung, schüttle den Kopf und höre mir seine Geschichte über diesen Peter an, einen Freund von Adelheid:

„Der Kerl ist im 24. Semester an der TU und arbeitet seit sechs Jahren in so einem Büro für städtische Abfallentsorgung und hat seit vier Jahren eine Ingenieurstelle dort. Ursprünglich hat er da ein Praktikum gemacht und dann weitergearbeitet. Sie haben gemerkt, dass er unheimlich was auf dem Kasten hat und arbeiten kann für drei und ihm dann die Ingenieurstelle angeboten. Problematisch war nur, er hatte sein Diplom nicht in der Tasche. Und sie meinten, er soll das einfach nachholen, was er nicht konnte, weil er rund um die Uhr bei denen gearbeitet hat. Das geht über Jahre so und er hat das fast vergessen und die sowieso, nur dass er einmal pro Semester in die Uni geht und den Professoren erzählt, wann er endlich sein Diplom anmeldet, damit sie ihn nicht exmatrikulieren. Bis dann vor einigen Wochen ein Typ bei ihm in der Warteschlange vor dem Zimmer eines Profs stand. Er erzählt dem dummerweise seine Geschichte, warum er in dem Alter noch an der Uni ist und dieser junge Kerl riecht natürlich Lunte und quatscht die Geschichte bei seinem Alten aus, und der war halt Personalchef in dem Abfallbüro. Ist das nicht lässig?"

Er schlägt mir seine Hand auf die Schulter und lacht aus vollem Hals und mir schwappt das Tonic Water über die Theke und einem Typen auf das Hemd. Ich kann gleich erkennen, es sind keine preiswerten Klamotten von Abrams wie bei mir und er wirkt sichtlich verärgert. Ich entschuldige mich und warte ein paar Sekunden, bis er sich wieder seiner Partnerin zuwendet. Man soll mir keinesfalls nachsagen, ich wäre nicht bereit, für dieses Missgeschick zu zahlen. Doch in Wahrheit fehlt mir das Geld. Ich halte den Atem an und hoffe, dass der Typ es sich nicht anders überlegt.

Maxell reibt sich ständig die Nase. Wir sprechen über sein Geschäft, seine Gebrauchtwagen an der B96A, hauptsächlich japanische Viertürer, und über Heidi, die nun kaum mehr in der Werkstatt sein kann – sie ist im siebten Monat schwanger.

„Du hast ein bisschen viel gefuttert in der letzten Zeit", sage ich und betrachte ihn von oben bis unten und zupfe an seinen Sachen.

„Mensch, lass das!", sagt er, Heidi koche einfach zu gut.

„Seit sie wegen ihres Bauchs nicht mehr unter die Wagen kriechen kann", sage ich.

Jeder weiß, dass Maxell nur die Bücher führt und sich um den Verkauf kümmert. Das Gespür für ein Auto – ob der Wagen etwas hergibt –, das besitzt allein Heidi. Sie hat mir vor zwei Monaten den Porsche 914 herbeigezaubert und ihn silbern lackieren lassen, nachdem sie das Fahrwerk überholt und den Motor auf Vordermann gebracht hatte. Für die Papiere verlangte Maxell einen Tick zu viel Geld, doch ich habe das nicht hinterfragt – ich wollte den Wagen unbedingt.

„Hast du wieder was mit Adelheid?", fragt er. Angeblich gingen Gerüchte um und Doreen würde Andeutungen machen.

„Doreen? Ich dachte, die beiden sprechen nicht mehr miteinander. Woher will Doreen denn wissen, was mit Adelheid und mir ist?"

„Keine Ahnung!", sagt Maxell, er gebe nur das wieder, was die Leute erzählen.

Ich nippe an meinem Glas. Manchmal sind mir Gedanken über das fehlende Geld inzwischen lieber als das Gerede über Beziehungen. Vor allem, wenn sich jemand nach Adelheid und mir erkundigt – schließlich ist es vorbei mit uns.

„Lass uns das Thema wechseln!", sage ich und erzähle ihm von den Diskjockeys aus London. Im Grunde wiederhole ich nur die Sätze des Radiomoderators über das Lied *Timber* und sage, ich kaufe mir die und noch mehr wichtige Scheiben von Coldcut gleich morgen Nachmittag. Aber Maxell lässt mich nicht aus den Augen:

„Was ist nun mit Adelheid und dir, warum lenkst du ab?"

„Sie kommen gleich. Wollen wir nicht erst mal die Sache mit dem Geld klären?"

Maxells Portemonnaie ist wahrscheinlich leerer als meines, auch wenn er Gebrauchtwagen verkauft. Ich spiele mit den Eiswürfeln im Glas.

„Wenn du in Not bist", sagt Maxell dann, „du weißt ja: Du kannst auch bei mir und Heidi anfangen, zumindest für eine Zeit."

„Danke! Aber ich habe aufgehört mit dieser körperlichen Arbeit. Ich brauche Einfälle, die mich weiterbringen. Ist nett, wirklich Maxell, ich weiß das zu schätzen."

„Schickst du dein Konzept nochmal in die Parteizentrale? Feuern kann dich eh keiner mehr."

Ich antworte nicht. Meine Füße jucken.

Ein Trupp geschminkter Studentinnen kommt herein, sie teilen Werbematerial und Zigarettenschachteln aus: Puzzle, Fragebögen und Luftballons mit Markenemblem. Jede Raucherin und jeder Raucher im Raum wartet auf die Gratis-Schachtel. Ein Typ um die zwei Meter sieht sich in der verqualmten Luft um, ohne seine Sonnenbrille abzusetzen und nimmt eine Schachtel, verzieht die Miene kaum und dann entdecke ich Melanie und Adelheid, die schon vor uns stehen. Sie geben mir Küsse auf die Wangen und Adelheid beginnt in meinen Haaren zu zupfen. Letztes Wochenende waren wir im Tresor, haben viel zu viel Ecstasy genommen und die ganze Nacht getanzt. Adelheid rückt noch ein Stück zu mir an den Stuhl und sieht mir in die Augen. Ich spüre dieses Plastikzeug, das sie am Wochenende immer trägt. Sie fragt nach meiner Laune, sie ins Subground zu begleiten, ein bekannter Diskjockey lege dort auf. Adelheid ist sehr attraktiv und Tochter eines reichen Mannes. Ich reibe mir aber die Augen und sie versteht mich und streicht mir erneut durch die Haare.

„Sie haben angedeutet, ich könne nach dem Praktikum bleiben", sagt Melanie.

„Bei Daimler?", fragt Adelheid.

„Das habe ich doch erzählt, oder?"

Adelheid verdreht die Augen, während Melanie weiter und weiter redet. Melanie spricht immer positiv, aber sie fällt kaum auf. Wenn überhaupt – durch ihren Taschenspiegel, den sie stetig aus der Handtasche nimmt und ihre Lippen damit kontrolliert. Ich nippe an meinem Tonic Water. Ich muss daran denken, ob Adelheid wohl ihre Tage hat oder nicht?

Nach einer Weile stehe ich mit Maxell allein an der Bar. Die Frauen sind zu Bekannten an einen Stehtisch gegangen. Melanie scheint nicht gemerkt zu haben, dass ich weghöre. Vielleicht überspielt sie es auch. Sie organisiert ihr Leben besser als alle anderen. Insgeheim bewundern wir sie, aber momentan ist es nicht cool, Menschen wie Melanie cool zu finden. Ich habe sie niemals nachdenklich gesehen. Sie kommt auf ihrer Reise immer an.

Ich frage Maxell nach den Sachen und gebe ihm einen Fünfziger, mehr habe ich nicht. Plötzlich wechselt die Musik und die Leute werden lockerer. Ein bisschen kann ich noch warten und erzähle von meinem neuen Teleskop und wie gut es funktioniert:

„Alles ist kristallklar da oben", sage ich und denke an den Abend, als ich es vom Geschenkpapier befreit habe.

Maxell spricht von einer Sache, für die er im April in Bonn war. Vom Hotel hätte er nachts die Einflugschneise des Flughafens Köln-Bonn sehen können. Hale-Bopp stand hoch am Nachthimmel und auf der anderen Seite hätte er den Petersberg gesehen, hell erleuchtet. Ich will nicht näher fragen, denn er redet von einem Kerl mit viel Geld und sie hätten auf dem Balkon ein paar Flaschen Sekt geköpft und die Flieger beobachtet. Im gleichen Augenblick reden wir von der Seilbahn, an der die Maschinen hinabgleiten, er drückt mir das Tütchen in die Hand und ich glaube fast, ich säße neben ihm auf diesem Balkon. Sein Blick wirkt dennoch fremd.

Adelheid kehrt allein zurück.

„Ich gehe jetzt", sage ich.

Wir küssen uns zur Verabschiedung versehentlich so nahe, dass sich unsere Mundwinkel berühren und wir uns ansehen. Ich streiche ihr vorsichtig über den Arm und verabschiede mich.

„Und Maxell", sage ich: „Der Porsche schluckt zu viel Öl. Ich komme die Tage bei euch in der Werkstatt vorbei."

„He, warte mal!", ruft er und ich winke und blase den Rauch meiner Zigarette am Ausgang an die Fensterscheibe.

Man unterhält sich vor den Cafés, die Sommerluft ist angenehm. Die Spatzen hüpfen zwischen Menschenbeinen, die sich zaghaft unter den Tischen berühren. Die Vögel picken nach Krumen von Brezeln und Baguette, die aus den Händen auf das Pflaster fallen. Mir gefällt es, wie die Menschen in den Abendstunden lachen und den Alltag für eine Weile vergessen und wie sie stundenlang vor den Cafés reden, ehe sie in die

Clubs gehen. Die Sprachen sind von Tisch zu Tisch verschieden. Jeder übt sich im Wortschatz seines Gegenübers. Englisch und vor allem Spanisch ist zu hören: Die meisten Spanierinnen haben Altstimmen, raue Stimmen, und sie essen immer Salat. Italienerinnen gibt es auch, sie quasseln unentwegt und rauchen Kette. Bei den Französinnen kann ich mir nie vorstellen, dass sie in Clubs gehen. Sie sehen viel zu zart aus, so, als sprächen sie über die nächste Vernissage in der Auguststraße oder einen verregneten Nachmittag in der Gemäldegalerie.

Ich sehe auf eine Baustelle und versuche Details zu entziffern: Ein weiteres Stockwerk entsteht an der neuen Seite der Hackeschen Höfe. Ich sollte das Konzept für die Wahlkampfplakate noch einmal – verbessert – an die Partei schicken. Ich muss mich nur konzentrieren.

Im Wagen überlege ich, wie lange die Wirkung anhalten wird. Der Morgen darf nicht allzu spät am Computer beginnen. Vormittags arbeite ich am effektivsten. Je eher, desto besser. Ich spüle eine von Maxells Pillen mit einem großen Schluck Cola hinunter und sehe auf die gelben Straßenbahnen.

Wir treffen uns gegen Nachmittag vor dem Café Mitte Bar am Ende der Oranienburger Straße. Der schwüle Nachmittag will nicht enden. Die Stadt wirkt hektisch und elektrisiert, die Straßen und Plätze sind übersät mit Touristen und jungen Menschen in unserem Alter. Wer Zeit hat, spannt mittags im Monbijoupark aus. Nicht selten sind Aktenkoffer und abgelegte Krawatten neben den Leuten hier an der Spree zu sehen. Wer Hemden trägt, sucht Schutz unter Baumkronen oder im Schatten eines historischen Gebäudes oder unter den Markisen der zahlreichen Cafés und Bistros zwischen dem jüdischen Viertel und der Spree. Keine fünfhundert Meter entfernt fanden vor über fünfzig Jahren die Deportationen von der Großen Hamburger Straße statt. Wachposten patrouillieren heute rund um die Uhr vor der Synagoge, deren Kuppel restauriert und golden unter der Sonne glänzt. An wenigen Gebäuden dieses Viertels blättert noch Putz in großen Stücken von den Fassaden, als seien sie in vierzig Jahren Planwirtschaft niemals erneuert worden. Es ist seltsam, wie die Geschichte durch die Gassen schleicht.

Wir trinken Milchkaffee und ich ein Tonic Water gegen die Hitze und den Durst von der staubigen Luft. Adelheid erzählt von Peter – ihrem Bekannten –, der seine Stelle in diesem Büro für städtische Abfallbeseitigung verloren hat. Er sähe keine Wahl, als in die Wirren des Studiums zurückzukehren. Man habe erwogen, ihn wegen Betrugs anzuzeigen. Wir sehen uns in die Augen. Für einen Augenblick schweigen wir und blicken dann auf die Straße.

An den Nachmittagen bleibt man hier von den Straßenverkäufern verschont. An den Abenden bieten sie Rosen, Spielzeuge, leuchtende und blinkende Gegenstände und auch überteuerte Feuerzeuge an, die niemand kaufen will. Und sie lächeln immer. Entweder, sie beherrschen unsere Sprache nicht oder sie wissen bereits, was ihnen blüht, wenn sie zu wenige Einnahmen abliefern am Ende der Nacht. Viel kann es nicht sein: Wer eines dieser unnützen Geräte kauft, wird von den anderen Gästen misstrauisch beäugt. Ich habe noch nie einen Verkauf beobachtet.

Adelheid sagt, sie lässt Peter für eine Weile bei sich unterkommen, bis er die wichtigsten Dinge auf den Weg gebracht hätte. Eine gute Idee, versichere ich ihr, auch wenn ich Peter überhaupt nicht kenne. Sie will mir mit Peters Geschichte etwas zu verstehen geben, aber ich wage mich nicht vor. Ich zünde mir eine Zigarette an. Ein paar Fetzen Zeitungspapier flattern in der Gosse und verfangen sich in einem Gully. Ein Hund hebt das Hinterbein und pinkelt an einen Bauzaun, der den Gehsteig von einem großen, nur mit Sand und Schutt bedeckten Areal trennt. Ein typischer Straßenhund: Er zuckt einige Male, da er schon weiterlaufen will, seinen Strahl aber nicht beenden kann. Ich trinke von meinem Tonic Water und überlege, wie lange ich Adelheid bereits kenne und dass ich nicht weiß, ob sie aus dem Osten oder aus dem Westen stammt.

Am Tag kleidet Adelheid sich weniger erotisch. So wie Melanie ihren letzten Funken Unsicherheit in stetiger Mitteilsamkeit verliert, kommt Adelheid an den Abenden zu erotisch daher. Sie hat dieses Plastikzeug nicht nötig. Und dann fragt sie nach meiner Arbeit an dem Konzept. Meine Haut beginnt zu jucken und ich erinnere mich, wie ich nach der Aktionsgalerie spät nachts vom Teufelsberg das Lichtermeer der Stadt betrachtet habe, wie ich erneut an meinen Rausschmiss in der Agentur denken musste, an das neue Partei-Logo und meine Plakat-Entwürfe und an Adelheid und dass ich später neben dem Teleskop eingeschlafen bin.

„Ich bin nicht aus den Federn gekommen", sage ich.

„Du nimmst zu viel von diesem Zeug."

„Und du?", frage ich und will im Prinzip keine Antwort von Adelheid haben und erkundige mich nach ihren letzten Bemühungen um eine Stelle. Doch sie geht nicht darauf ein.

„Warum bist du gestern so früh gegangen?"

„Wegen der Gerüchte", sage ich.

„Welche Gerüchte?"

„Ich hab' keine Lust, dass jedes Mal gequatscht wird, wenn wir einen Zentimeter näher zusammenstehen. Wir sollten uns auf andere Dinge konzentrieren. Du hast auch keinen Job. Der neue Naturkostladen bei dir um die Ecke sucht seit letzter Woche eine Verkäuferin."

„Ich bin nicht mehr immatrikuliert", sagt sie.

In ihrem Gesicht liegt Bedauern. Ein Studienausweis ist unersetzlich in dieser Stadt. Wer kurz vor dem Ende des Studiums steht, hat gute Karten. Der Ausweis suggeriert den Personaletagen Fachwissen und bietet Absolution in Steuerfragen. Hinzu kommen die vielen Ermäßigungen: Essen, Versicherungen, Fahrkarten und Eintrittskarten gibt es billiger. Ich kenne kaum jemanden, der im letzten Drittel seines Studiums nicht verharrt oder scheitert. Deswegen unterhalten wir uns häufig darüber, wie wir ohne dieses Stück Papier an eine vernünftige Arbeit gelangen: Man braucht um die zwölf- bis dreizehnhundert Mark in dieser Stadt, dann kommt man über die Zeit und quält sich nicht am Monatsende. Die Tage vorm Monatsende bestreiten wir mit geklautem Klopapier, öffentlichen Wasserspendern und Weißbrot, das am Nebentisch liegt. Das meiste Geld brauchen wir für die Nacht. Trotzdem: Adelheid benötigt Arbeit. Vier, fünf Wochen nichts zu verdienen bedeutet, dass die Bank das Konto sperrt. Reserven haben wir keine, allein Melanie ist finanziell mobil. Bei Maxell bleibt es mir schleierhaft, inwieweit sein Geschäft mit den japanischen Viertürern tatsächlich floriert. Er spricht zu viel über Geld.

Ich reiche Adelheid eine von meinen Zigaretten und gebe ihr Feuer. Dann sage ich, sie bräuchte etwas auf die Schnelle, als Telefonistin oder Briefe sortieren. Du sagst dir: Nicht schon wieder Kurzzeitjobs und schreibst Bewerbungen, gehst zu Vorstellungsgesprächen – inzwischen hast du einen Tausender Miese auf dem Konto –, doch nichts geschieht, man sagt dir ab oder erklärt, man melde sich umgehend. Auch deswegen schwitze ich seit Tagen, wodurch meine Arme nur stärker jucken. Hinzu kommt die ständige Hitze in der Großstadt. Heute sind es wieder 37 Grad. Für Minuten schwächt die unerträgliche Wärme die Konzentration. In Schüben ist man hier und da, nur nicht bei seiner Aufgabe. Im Grunde verbieten die Temperaturen jede Bewegung. Ausgenommen bleibt meine Strecke raus aus der Stadt. Draußen an der Havel ist es frisch unter den leichten Winden, die über das Wasser ziehen und Friedfertigkeit entlang der Ufer sähen. Ich denke für eine Sekunde angestrengt nach und nippe an meinem Tonic Water gegen die Hitze. Adelheid sagt, sie habe schon oft in Erwägung gezogen, das Geschäft ihres Bruders auf Vordermann zu bringen. Es habe eine gute Lage und einen gewissen Kundenstamm, doch es reize keinen Fremden – die wenigsten riskierten einen Blick hinter die dreckigen Scheiben mit den immer gleichen, über Jahre verstaubten Auslagen. Ihr Bruder hängt an der Flasche.

„Er macht die Hälfte deiner Arbeit kaputt, Adelheid. Seit ich dich kenne, pumpst du ihm jeden Monat Geld. Inzwischen auf Kredit von der Bank."

Adelheid schweigt. Er müsste erst gehen, aus dem Geschäft verschwinden, vermute ich und glaube ihre Gedanken lesen zu können. Einmal nur, nur eine winzige Chance in diesem Leben, flüstern ihre Augen. Wie ein Schleier legt sich ein zartes Lächeln auf ihr Gesicht, über ihre Traurigkeit und ich versuche diesen Funken mit meinen Blicken festzuhalten. So, als küsste ich einer welkenden Gräfin die Hand, während hinter ihren Schultern schon die Zofe des Niedergangs steht. Nichts will momentan gelingen. Dabei hatte sie das beste Elternhaus und gute Noten.

Wir gehen ein Stück, nachdem wir gezahlt haben. Unsere Schritte sind kurz in der schwülen Luft. Adelheid streicht ihr langes Haar zurück, während sie stehen bleibt und die Speisekarte außen an einem jüdischen Restaurant betrachtet. Eine Pigmentstörung in ihrem Gesicht lässt dich denken, noch gestern sei sie mit einer Sonnenbrille in der Hitze eingeschlafen oder unachtsam mit dem Make-up gewesen. Jedenfalls möchte Adelheid nicht darauf angesprochen werden. Dabei ist diese Hautveränderung sehr anziehend, sehr eigen.

„Wann gehen wir hier mal rein?", fragt sie und liest mir einige von den Gerichten vor.

„Die Tage", sage ich und nehme sie kurz in den Arm. „In den nächsten Tagen, Adelheid. Versprochen!"

Wir gehen weiter bis zur Monbijoubrücke am Bode-Museum. Ein Blesshuhn landet auf dem linken Arm des Flusses. Das Museum auf der Insel wirkt wie eine römische Barke, die mit ihren Schätzen im Bauch den Strom hinabgleitet.

„Lass uns anhalten!", sage ich.

Adelheid nickt und ich spüre ihren Unterarm an meinem, während wir uns an die Brüstung lehnen und aufs Wasser blicken. Sie trägt sommerliche Kleidung, ich ein Hemd – wir stehen wie jedes andere Paar auf dieser Brücke. Doch es ist vorbei mit uns beiden.

„Früher sind hier Kohleschiffe gefahren", sage ich, „für zweieinhalb Millionen Einwohner schon zur Kaiserzeit."

Sie schnippt ein Steinchen in den Fluss.

„Hattest du das in der Tasche?"

Sie nickt und wir sehen die Ringe auf dem Wasser wachsen. Ich drücke meinen Arm noch stärker an ihren.

„Was wirst du tun, ohne Job?", fragt sie.

„Es auf eigene Faust versuchen."

Sie wirkt nachdenklich:

„Haben wir es jemals versucht?", fragt sie. „Irgendwie geht's immer nur darum, die nächsten Wochen zu überstehen. Es gibt überhaupt kein Ziel mehr, kein großes jedenfalls. Seit Jahren geht es immer nur darum, etwas loszuwerden: Alte Kleider, alte Sitten, alte Gedanken, alte Gefühle. Gefühle, die einen ständig enttäuschen. Es geht immer nur darum, Ballast abzuwerfen."

Ich verlagere das Gewicht aufs andere Bein und sehe dem Blesshuhn nach. Tagsüber bin ich selten an der Museumsinsel. Bei Tag fehlt mir die Idylle der Laternen und der Dämmerung: Aus den steinernen, vom Abgas beschädigten Fassaden werden dann historische Zeugen. Bei Nacht allerdings gewinnt das Viertel Nähe und man glaubt, sogleich könne Einstein mit dem Spazierstock um die Ecke biegen oder einer der Humboldt-Brüder oder Gottfried Keller, der zwei Straßen weiter wohnte. Doch bei Tagesanbruch kehrt die Einsamkeit zurück, die Stätten werden klobiger, die Säulen aus Granit und Sandstein feindlich, wenn die Sonne ihren Lauf nimmt. Vielleicht wird Adelheid bald ihre abendliche Garderobe im Schrank lassen. Ihr fehlt Gelassenheit in der Suche nach einem Partner. Ich nehme eine Zigarette aus der Schachtel und lege sie ihr zwischen die Lippen und gebe ihr Feuer. Dann entzünde ich mir eine eigene. Kurz darauf blasen wir den Qualm über den steinernen Fluss. Wir treffen uns beinahe jeden Tag und jeden Abend. Früher war das ungewöhnlich für zwei, die auseinander sind. Doch wenn einem der Puls schlägt, wenn man lange Zeit schon weite Kragen trägt, weil die Halsschlagader drückt oder der Briefträger morgens fragt, ob alles beim

Alten sei und der eigene Standard – Na klar, alles wie gehabt! – kaum mehr auszuhalten ist und wenn sogar deine Entlassung dich kaum noch kratzt und selbst die Anrufe deiner Bank bald ausbleiben und du immer weiter aufstehst und dir ein Eis kaufen gehst und die Schlagzeilen der Magazine bei den Straßenhändlern überfliegst, während du den Hügel an deiner Straße durch den Morgen hinabgleitest und du abends ständig mit Künstlern, Musikern und Werbern abhängst und das Flair der Stadt euch alle balsamiert, dann müsste irgendwann ein Dann folgen, doch ich fahre lieber raus zur Havel oder an den Teufelsberg und blicke durch das Teleskop.

„Lass uns weitergehen!", sagt sie.

Inzwischen schlendern wir über den Campus und zu meinem Wagen. Wir wollen hinaus, zur Abwechslung mal an die Seen weiter südlich. Wir steigen ein und während ich den Motor zünde, sehe ich uns mit dem kleinen Porsche schon über die Alleen gleiten, sehe ihre Haare vor den Ampeln im Hitzestau glänzen und im Fahrtwind sanfte Pirouetten schlagen.

Langsam knistert die Glut, es ist still wie in einer Kirche. Über die Wasseroberfläche gleiten Blütensamen zur Seite, wenn ein Schwimmer seine Bahnen zieht. Unsere Körper sind nass und die Kleidung hängt über einem Zaun. Weder die Süd- noch die Nordspitze des Sees sind von hier aus zu sehen. Ganz schwach ist der Verkehr von der Autobahn zu hören – friedlich knistert die Glut. Ich spüre es kribbeln auf meiner Haut und wie meine Beine gefühllos werden. Adelheid inhaliert tief, sie trägt einen blassblauen Bikini: breiter an den Hüften und stramm an den Brüsten – ich kenne ihren Körper, wie ich niemals einen Körper kannte.

Auch wir haben ein paar Bahnen durch das Wasser gezogen. Ich bleibe sehr gerne unter Wasser und tue so, als tauche ich nicht wieder auf. Und wenn Adelheid dann unruhig wird – ich schaffe das immer wieder, obwohl wir das schon hundert Mal gemacht haben –, dann ziehe ich plötzlich an ihren Füßen. Das ist nicht die feine Art, aber ein Mordsspaß. Früher allerdings haben wir uns im Wasser geküsst, heute tauche ich in leichtem Abstand zu ihr auf.

Ich sehe, wie sich ihre Blicke verändern. Ihre Pupillen sind geweitet und sie wirkt entspannt. Wir teilen uns ein breites Handtuch und Adelheid fragt, wie viel Zeit wir heute miteinander verbringen.

Miteinander – ich ziehe nochmal am Joint.

„Ist was?", fragt sie.

Ich greife hinter mich in den Beutel mit dem Badezeug, nehme mir ein Tonic und biete auch Adelheid eines an. Sie lehnt ab und lächelt, als dächte sie: Allmählich übertreibst du es mit diesem Getränk.

Der Augenblick am Wasser hier ist friedvoll, doch zeitgleich läuft eine Chance nach der anderen davon: Säße ich vor meinem Bildschirm, todsicher wäre der nächste Entwurf schon skizziert:

„Das Pendel ist aus dem Lot."

Adelheid sieht mich an: „Wie bitte?", fragt sie und schmunzelt.

„Schmunzeln", sage ich.

Ich denke und spreche synchron.

Adelheid lacht, aber dann legt sie unerwartet ihre Hand auf meinen Bauch, ganz flach und warm liegt sie da, als fände nicht einmal das Blatt einer Ulme Platz darunter.

„Ulmen sind schöne Bäume."

„Alles in Ordnung bei dir?", fragt sie.

„Ja, alles in Ordnung! Du bist doch bei mir."

Ich lege meinen Kopf auf ihren Bauch, direkt auf den Bauchnabel und lausche den Geräuschen. Ihr Körper ist ein wunderbares Kissen. Die Sonnenstrahlen blitzen zwischen den Kronen und Astgabelungen der Weiden wie ein Mobile aus Diamanten. Hier und da ein Funken Himmel unerreichbar blau und ganz leicht weiß betupft. Ein Dach aus Blättern schwebt über uns, die Äste der Weiden hängen bis auf die Wasseroberfläche und die Pappeln rauschen vor sich hin. Leise schwappt das Wasser ans Ufer. Wahrscheinlich bin ich verliebt in sie, für einen Moment. Ihr Bauch ist warm und zart und sie fährt mir durch das Haar. Mein Herz schlägt gleichmäßig und kraftvoll.

„Haben wir es jemals wirklich versucht?", fragt sie erneut und streicht mir über das Haar. Für eine Sekunde fühlen wir uns wohl in unserer Haut. Wir liegen ohne eine Vorstellung am Wasser unter dem Wald und nur selten ist ein fremder Laut zu hören. Vielleicht kreischt eine Elster zornig in der Ferne oder Mücken tummeln sich auf dem Wasser. Alles ist klar und deutlich und schön in Adelheids Körper. Sagte sie nicht: miteinander?

Mein Fernseher hat Störgeräusche und die Werbung nervt. Ich wende mich vom Schreibtisch ab und schalte die Programme durch. Es ist nichts drin. Früher habe ich ruhige Musik zur Untermalung der Arbeit gehört, doch Hergest Ridge reicht nicht mehr aus. Manchmal habe ich nach langen Nächten auch Martinůs Allegretto aus dem Klavierquartett gehört oder die mittleren Sinfonien von Sibelius oder Violinsonaten von Ravel. Mittlerweile schalte ich stattdessen den Fernseher ein. Beim Blick aus dem morgendlichen Fenster unter den Geräuschen der Propellermaschinen des alten Flughafens sitze ich an meinen Zeichnungen, habe mit dem Grafikprogramm gearbeitet – ich bin wieder auf Kurs.

In der Morgensonne treffen sich die Dachdecker vor der Mauer in meinem Innenhof. Die Äste einer rotblättrigen Zierkirsche schwanken im Wind über dem Mauersims, auf dem ein schwarzer Kater läuft. Wir nennen ihn Felix, seit sein Herrchen im Obergeschoss an der Trunksucht zugrunde gegangen ist und ihn zurückließ. Wir, das sind die tunesischen Brüder von gegenüber, die immer Zeug zu Hause haben – ab und zu tausche ich am Sonntag mal einen Zehnerpack Eier gegen ein kleines Stück zu rauchen. Auch der Hauswart von oben lässt sich oft blicken und fragt, ob meine Bücherregale noch halten, die ich an der Decke befestigt habe, von wo sie bis auf Kopfhöhe herabhängen. Zu unserem Haus gehören auch die pakistanischen Kinder über mir, die mit den Zeigefingern in meinen Hüften bohren, ich solle endlich mit ihnen spielen, statt ein weiteres Regal im Innenhof zu streichen.

Die Dachdecker überschlagen die Beine, bevor sie die Arbeit beginnen. Sie trinken Kaffee aus der Thermoskanne und rauchen. Was sie reden, höre ich nicht. Ich blicke auf den Bildschirm. Ich importiere eine Datei in mein Grafikprogramm, während der Drucker arbeitet. Zeitgleich bereite ich die Umschläge vor: Ich verwende gerne Etiketten statt Kuverts mit Sichtfenstern. Und meine Ideen sind nicht allzu schlecht: Ich erinnere mich eines Zeitungsberichtes über die Arbeit einer Düsseldorfer Agentur. Sie wollten Gemeinsamkeiten im langen Namen der Partei verknüpfen, für die auch ich ein Konzept entwickelt habe. Gemeinsamkeiten durch gleiche Buchstaben, die optisch hervorgehoben sind. Osten und Westen vereint im Namen von Bündnis 90/Die Grünen. Sie wählten das Ü und sind für Monate zu keinem Ergebnis gelangt. Ich habe mich daran probiert und eine Verknüpfung im D erstellt. Die Lettern sind weiß wie in den Jahren zuvor, allein das D habe ich verändert und was liegt näher, als ihm die bundesdeutschen Farben zu verabreichen. Vermutlich war das der Grund, warum mein Chef mich fragte, ob ich Nationalist sei. Nachvollziehen konnte ich das nie.

Ich muss es allein versuchen: ohne Agentur, ohne die Rückendeckung der Lobbyisten aus der Abteilung Public Affairs, sondern nur mit meinen Ideen. Auf sich allein gestellt wie Maxell, bis er Heidi kennen lernte, wie Doreen, bevor sie sich in Theodor verliebte – und allein gegen den Willen ihres Vaters wie Adelheid.

Der Drucker wirft die letzten Seiten aus. Ich klemme sie in die Mappe, lege das Schreiben dazu, schiebe alles in den Umschlag und klebe das Adressetikett drauf. Gleich geht alles zur Post. Ich sehe noch auf den Kalender an der Wand und zähle die Tage, seit ich nicht mehr in der Agentur bin. Ich klebe den Umschlag zu, atme durch und messe meinen Ruhepuls.

Draußen sind es 33 Grad und der Morgen ist jung, ein Freitag. Ich schnappe mir ein Tonic Water aus dem Kühlschrank und überlege, wie groß der Graben zwischen meinen Gedanken und denen ist, die ich in das Kuvert gesteckt habe. Ich werbe für eine Partei mit den deutschen Farben, dabei bin ich nie politisch aktiv gewesen. Auch wähle ich die Grünen nicht. Ich mache genauso weiter wie zuvor – nur bin ich jetzt allein. Es ist die Idee, die sich durchsetzen soll, meine Idee. Aber bevor ich zur Post gehe, will ich noch die Blumen gießen. Ich muss dazu auf den Schreibtisch steigen, weil die Blumentöpfe auf den Regalen stehen, die von der Decke hängen. Einmal bin ich mitten auf die Tastatur getreten und mir ist ein Topf herabgestürzt. Das L knirscht noch heute.

Dann versuche ich Maxell anzurufen, doch er ist nicht zu erreichen, unterwegs, Kredite und neue Fahrzeuge beschaffen und ich hinterlasse eine Nachricht und wähle dann Adelheids Nummer. Ich möchte ihr erzählen, wie es für mich war, als wir gestern unter den Bäumen am Schlachtensee lagen und ich mit dem Kopf auf ihrem Bauch einschlief. Doch Adelheid weint. Sie ist völlig aufgelöst am Telefon und ich verspreche ihr, mich sofort in den Wagen zu setzen. Wir legen auf und mein Puls schnellt weiter in die Höhe.

Der Porsche rollt ohne Bremsen und Anfahren im Verkehr den Hügel hinab, an den Bäumen entlang und über den Kanal. Vorbei an der neuen Parteizentrale der SPD, vorbei am Gelände der umbenannten Prinz-Albrecht-Straße, wo Himmler und Heydrich den Massenmord und Terror organisierten. Vorbei am Tresor, wo wir hin und wieder tanzen gehen und vorbei an Honeckers letzten Plattenbauten auf dem Areal der früheren Reichskanzlei, in deren Bunkern Hitler sich erschoss. Von der Straße Unter den Linden benötige ich zehn Minuten für den Rest der Strecke. Ich bin aufgekratzt von der Nacht am Computer. Unter die Gefühle mischt sich die Ungewissheit, ihr Bruder habe Schwierigkeiten oder Adelheid sei etwas zugestoßen.

Über mir glüht die frühe Sonne. Die Polster meines Wagens sind bereits warm. Ein Griff auf die Armaturen würde schon jetzt zu Verbrennungen führen. Ich wechsle die Spuren, ohne einen Blinker zu setzen. Mal fahre ich links, mal rechts und lausche dem Radio und rauche. Das Targa-Dach ist wegen der sommerlichen Temperaturen weiterhin im Kofferraum. Der silberne Porsche – der nur einen VW-Motor besitzt – schießt wie ein bockiges Fohlen dahin. Er scheut, wenn ich die Kupplung ungenau trete. Wenn nicht, ist er ein flacher, breiter Rochen im sonnigen Wasser. Lautlos gleite ich dahin und nur die Geräusche anderer Motoren scheinen Lebenszeichen in die Stadt zu senden. Ich passiere die letzten Lindenbäume und sehe, wie man dem verwitterten Reiterdenkmal Friedrichs des Großen Schellen anlegt, es vom Sockel hievt, um es anderswo zu restaurieren. Der alte Preußenkönig muss sich keineswegs sorgen, ob er auch die nächste Krise unseres Landes übersteht – ich sollte besser an Adelheid denken.

Ihre Klingel kenne ich gut und für gewöhnlich dauert es nur Sekunden, bis sie den Summer drückt. Doch heute ist es anders: Die Tür ist offen. Im Hausflur steht die Luft, irgendwas stimmt nicht. Ich stürme die Stockwerke hoch und dann steht Adelheid vor mir, der Kajalstift fließt ihr von den Augen. Ich nehme sie fest in die Arme und verstehe nicht eines ihrer Wörter, die sie mehr weint als spricht. Hinter ihr sehe ich ihren Nachbarn und dann werden ihr die Knie weich.

„Nicht wegsacken!", sage ich, aber der Nachbar eilt zu Hilfe und wir stützen sie gemeinsam zum Sofa. Ich lege ihr trotz der Wärme eine Decke über, weil sie zittert und flüstere ihr ins Ohr, dass ich gleich zurück bin.

„Adelheids Bruder?", frage ich den Nachbarn in der Küche und greife mir eine Flasche Mineralwasser.

„Der Rettungswagen ist vor zehn Minuten weg. Sie ist noch mit nach unten gekommen. Als er mit der Trage in den Wagen geschoben wurde, bekam sie einen Schwächeanfall. Ich habe ihr versprochen, dass ich bleibe, bis Sie da sind. Sie sagte die ganze Zeit, dass Sie gleich kommen würden."

„War er bei Bewusstsein?"

Der Nachbar schüttelt den Kopf.

„Danke, dass Sie bei ihr geblieben sind!"

Wir essen Spaghetti Carbonara und Feldsalat und trinken eine Flasche Tonic Water. Adelheid ist still und weint nicht mehr. Adelheid ist schön. Der Vormittag ist vergangen und sie blickt auf den Teller und isst kaum. Fünf- oder sechsmal sagte sie schon, wie gut es ihr schmecke. Ich nehme eine Portion nach der anderen und erzähle Geschichten: Adelheid mit mir bei 13 Grad Wassertemperatur in der Nordsee vor Texel – und die Haut brannte vor klirrender Kälte. Adelheid bei ihrem Versuch, eine Maus in meinem Innenhof zu fangen – das arme Tier quiekte fürchterlich und sie stolperte über einen Maschendraht und lachte und weinte zugleich. Adelheid mit Fingern voll klebrigem Pizzateig. Und Adelheid, die einem hoffnungslosen Verehrer ihre Seminarmappe auf den Schädel schlug und aus der Haut fuhr: „Wie kann man nur so begriffsstutzig sein", im Anschluss noch einmal fauchte und ging.

Sie muss plötzlich lächeln bei der Geschichte und will eigentlich nicht. In der Ecke sehe ich seine Flaschen: Zwei leere und eine halbvoll. Ich stehe auf und nehme sie, gieße den Rest in den Ausguss und stecke sie in eine Plastiktüte. Ich werde sie zum Altglas bringen.

„Willst du lieber was Süßes?", frage ich.

„Nein, nein!", sagt sie und dass es doch so lecker sei. Sie nimmt sich ein paar Nudeln auf die Gabel und dreht sie zaghaft, sie dreht sie gegen den Uhrzeigersinn. Ich betrachte ihr weiches Gesicht mit der Pigmentstörung. Sie führt ein paar Nudeln zum Mund und kaut ganz kraftlos. Ich frage mich, ob ich sie in diesem Augenblick lieben darf oder ob es Eigennutz wäre, weil sie so schwach ist. Und was davon bliebe, wenn es ihr wieder besser ginge? Dann streiche ich ihr durch das lange Haar. Nur einmal soll sich eine winzige Chance bieten, scheinen ihre Augen zu sagen.

„Es ist schon gut", meint sie, es müsse nur ein wenig Zeit vergehen. Es sei jedes Mal so, bis sie eines Tages an seinem Grab stehen würde. Und bei den Worten fällt Adelheid das Besteck auf den Teller, sie schlägt die Hände vor das Gesicht und zwischen den Fingern rinnen nach und nach ihre Tränen mit dem Rest Kajal über die Handrücken.

„Weißt du, du hast so gut gekocht und bist hier und ...“

„Pssst!", mache ich. „Morgen gehst du in seinen Laden und wirst den Leuten zeigen, was man aus der Bude machen kann! Abgemacht?“

Und sie nickt ohne Worte und wischt sich die Tränen aus den Augenwinkeln.

„Magst du nichts mehr essen?", frage ich.

Die Flaschen zerschellen auf dem Grund des Metallcontainers. Für einen Moment bleibe ich auf der Stelle stehen und sehe auf die Autobahntrasse. Die leere Plastiktüte halte ich in der Hand, falte sie auf und werfe sie in eine Mülltonne. Tauben gurren und picken auf dem Asphalt des Geländes nach Essbarem. Der Morgen riecht dennoch unbekümmert und frisch. Gen Süden fahren die Autos in einen Stau – das Lichtermeer der Großstadt erblasst in der Morgenröte. Ich bin schwach auf den Beinen, habe die Nacht nicht geschlafen und spiele mit dem Gedanken, den Tag vorbeiziehen zu lassen. Ich fühle mich kaum danach, die nötigen Arbeiten am PC zu schaffen. Adelheid schläft weiterhin ruhig – das hoffe ich jedenfalls. Ihre Augenlider waren stark gerötet, als ich bei den ersten Vogelstimmen aufstand und zum Wagen ging. Ich selbst habe das nie gekonnt: am frühen Morgen noch Schlaf zu finden. Meist blieb ich wach und habe die Zeitung gelesen oder ein Buch oder ging im Park spazieren.

Eine kleine Menge ist mir von den Sachen geblieben, die ich günstig von Maxell bekommen habe und ich schlendere zum Wagen, setze mich rein und drehe die Musik auf. Niemand außer dem Pförtner und mir ist auf dem Wertstoffhof. Früher gab es nur Müll, heute nennt man es Wertstoff. Das ist klassische Werbung: ein Siegel für das gute Gefühl der Verbraucher. Am Wertstoffhof engagiert man sich mit jeder Scherbe Altglas, mit jedem Streifen Alufolie oder Plastik gegen die Verschmutzung unserer Welt. Doch die Berichte über den Wahnsinn, den unsere Importe von Rohstoffen und Bodenschätzen in Südamerika und Afrika hinterlassen, erreichen die Verbraucher erst im Schlaf, im Fernsehen abends nach 23 Uhr.

Die Sonne steht noch niedrig, Wolken tummeln sich braun und orange vor ihr, doch über mir ist der Himmel schon sommerlich blau. Ich träume zu viel in der Gegend herum. Maxell sagt immer, ich solle mit Verstand in den Himmel blicken. Kaum noch ein Stern ist am Himmel zu sehen, nur Altair leuchtet blass und verlassen wie eine alternde Diva und ich nehme zu viel von dem Speed, weil ich mich nicht konzentriere. Es brennt stark und zieht schnell in die Nebenhöhlen. Eine Propellermaschine dröhnt über mir im Landeanflug auf Tempelhof. Ganz verlässlich sammelt sich die Energie in mir und ich fahre über das Gelände an den kläffenden Dobermännern vorbei, grüße den Pförtner und trete das Gaspedal kräftig durch, nachdem ich auf die Straße gebogen bin. Sie spielen ein Stück von Shihad in diesem neuen Sender, Radio Eins, und ich lasse den Kopf nach hinten fallen – ich liebe den Fahrtwind über alles. Fahrtwind existiert, solange man etwas unternimmt. Wo es heiß hergeht, ist auch eine mächtige Kälte. Man muss sich nur in unserer Stadt umsehen.

Ich wechsle den Sender, bin gedankenverloren auf den Zubringer gefahren und rausche schon auf die Stadtautobahn. Die Venen an meinen Unterarmen treten stark hervor und mein Herz pulsiert kräftig. Möglicherweise liegt das an der Menge, die ich vom Speed genommen habe, obwohl ich es jetzt gut vertrage. Allmählich wird mein Kopf frei und ich höre den Nachrichten zu: Wieder einmal hat die Regierung die Halbierung der Arbeitslosenzahl propagiert. Vollbeschäftigung aber sei in diesem Land nicht mehr drin. Natürlich nicht, wenn immer mehr Leute zwei bis drei Jobs brauchen und das Leben jeden Tag unerschwinglicher wird. Zwei Drittel machen alles und der Rest steht dumm in der Ecke.

Ich greife auf den Beifahrersitz und hantiere in meinem Jackett, erwische das Diktiergerät und spreche ein paar Sätze aufs Band. Dann zünde ich mir eine Zigarette an. Jenseits der Leitplanken ziehen die Bürogebäude vorbei. In geraumer Entfernung erhebt sich der Funkturm auf dem Messegelände. So lange ich fahre, kann ich ungestört auf Band sprechen, was mir zu dem Mist der letzten Wochen einfällt. Schneiden kann ich die Aufnahmen später.

Ich erinnere mich an den alten Mann, der in Victoriastadt immer die Thunfischdosen auf den Gehsteigen und an den Häuserwänden für die Katzen aufstellt. Er teilt sie im Abstand von gut hundert Metern aus. Ich habe ihn täglich getroffen, als ich im Studium an den Vormittagen Post austrug. Ich erinnere mich an den Typen, der mir am vergangenen Sonntag auf der Straße eine Lederjacke für 10 Mark verkaufen wollte. Zu Beginn sagte er 100. In Zehnerschritten ging er runter, doch ich hatte kein Geld dabei. Und dann fing er an zu heulen und rannte weg, dabei war er kein Junkie, vielleicht soff er zu viel, aber im Grunde hatte er nur nichts zu fressen. Und ich erinnere mich an den Kerl im Fernsehen, der erklärte, welche Fahrlässigkeit es sei, eine Stadt wie Berlin zu beschreiben, ohne auf ihr rechtsradikales Potential hinzuweisen. Ja, Deutschland hat eine besondere Geschichte, eine besondere Verantwortung. Aber wer nicht ständig Rotfront schreit, dem attestiert man bei uns schnell, er habe ein paar Adolf-Bildchen in der Schublade. Ich muss trotzdem die ganze Zeit an den Mann mit der Lederjacke für 10 Mark denken.

Ein dunkelgrüner MX mit geöffnetem Verdeck fährt neben mir und ich kann hören, was die blonde Langhaarige hört. Sie schaut zu mir rüber, doch ich kann nicht erkennen, was sie wohl denkt. Sie trägt eine Sonnenbrille von Ray-Ban und ein Kopftuch, aber nicht wie Audrey Hepburn, sondern wie Axl Rose. Die Zeiten ändern sich. Sie hört Drum 'n Bass und ich bekomme Lust weiter neben ihr zu fahren. Mal sehen, welche Ausfahrt sie nimmt? Mittlerweile spreche ich eine Menge ins Diktiergerät und die Blonde lächelt. Vorsichtshalber lächle ich zurück. Irgendwoher kenne ich sie: aus dem Subground oder Sage Club oder dem Tresor. Aber eigentlich sieht sie aus, als ginge sie ins Doom oder ins Hunger, der neue Laden im Flughafen Tempelhof bei mir um die Ecke. Jedenfalls ist sie mir nicht unbekannt. Ihre Haare wehen unter dem Kopftuch und für eine Sekunde vermag ich unter ihre Brillengläser zu sehen: Sie ist nicht unattraktiv. Sie stellt sich den Rückspiegel ein, beschleunigt und ist Meter voraus und ich überlege, ob sie einen BH trägt oder nicht.

Dann fällt der MX wieder zurück auf meine Höhe – gemeinsam rauschen wir aus einem Tunnel ins Freie. Im Radio laufen die Stones und ich stecke mir eine Zigarette an: Rolling Stones und Rauchen, das geht gut zusammen. Ob die Blonde zu jenen zählt, die sich auf der Tanzfläche wie ein Roboter geben? Wie ein Uhrwerk bleiben sie im Takt, einen Chip im Gehirn, der ihren Körper mit der Musik gleichschaltet. Vermutlich stimuliert es sie sexuell. Meist sind es attraktive, strebsam aussehende Frauen. Doch die Blonde im MX mit Stirnband ist anders.

Ich lege das Diktiergerät zur Seite und spiele mit dem Gas. Die Blonde geht aber nicht darauf ein. Sie lässt sich vor dem nächsten Tunnel hinter meinen Wagen fallen und setzt den Blinker. An der nächsten Ausfahrt verlässt sie die Autobahn. War nett, denke ich mir. Wohl zweihundert Meter über mir steigt ein Airbus von Tegel auf. Ich bin am anderen Ende der Stadt. Und dann schießt der Porsche am Flughafen die Straße zum sechseckigen Terminal hoch und ich nehme eine weitere Prise Speed.

Wir stehen an seinem Krankenbett und ich entsinne mich, wie die Flaschen auf dem Grund des Metallcontainers zerschellt sind. Adelheid kniet an seinem Bett und hält ihm die Hand. Ich sehe mir die kalkweißen Wände an. Er hat tiefblaue Ränder unter den Augen. Zweieinhalb Flaschen Weinbrand: Keine Frage, er wollte sich zu Tode trinken.

Wir haben ihm Tulpen mitgebracht, die in einer Vase auf dem Tisch neben seinem Bett stehen und wir haben eine Flasche Bananensaft für ihn gekauft. Ich komme mir total bescheuert vor. Aber man macht das so, irgendwas Gesundes mitbringen. Die ganze Zeit über denke ich, wie sie ihn wohl vorgefunden hat. Er lag bestimmt auf dem Fußboden. Sie sprechen kaum ein Wort miteinander und ich kann den Wind draußen hören. Seit den frühen Morgenstunden weht er stärker. Die Luft trägt dabei etwas in sich, das sonst nur am Meer zu riechen ist. Gearbeitet habe ich nicht eine Minute. Durch den Flughafen bin ich gelaufen, von Gate zu Gate, um mir die startenden Maschinen anzusehen und die Fluggäste mit ihrem Handgepäck, Stewardessen und Personal. Kunden an den Schaltern mit hektischen Blicken auf Armbanduhren und Abflugzeiten. Düfte von Davidoff bis hin zum Wachs der Bohnermaschinen und dem Kehricht überfüllter Abfalleimer. Aktenkoffer mit geheimen Inhalten auf den Schößen der Reisenden, die sich ungeduldig auf den harten Gittersitzen räkeln, bis ihr Flug aufgerufen wird. Frauen zu stark geschminkt und Männer stets dunkel gekleidet, mit gestärkten Hemden in Weiß, mit Mänteln über der Armbeuge, obgleich die Außentemperatur auf über dreißig Grad gestiegen ist. Mit schwarzgrauen Drei-Tage-Bärten und rahmenlosen Brillen, mit exakter Vorstellung ihrer nächsten Stunden, ihrer Geschäfte, ihrer Verhandlungspartner und deren Schwachstellen. Und hier und da im stillen Augenblick eine Tablette zu viel, nicht allein gegen eine aufkommende Reisekrankheit. Irgendwann stand ich selbst am Schalter und die Dame sah mich fragend an. Doch so einfach ist das nicht, sagte ich zu ihr, wenn die Flieger in die Höhe steigen und die Passagiere ihre Nase ans Bullauge drücken und dich langsam unter sich verschwinden sehen.

Ich blicke an die kalkweißen Wände im Krankenzimmer und dann zu Adelheid. Sie spricht ein paar Worte mit ihm, doch ich verstehe nur Bruchstücke. Die Stimme ihres Bruders ist schwach und er sträubt sich gegen die Schläuche in seiner Nase. Langsam tropft die Kochsalzlösung vor sich hin – um den Einstich der Kanüle färbt sich seine Haut rosarot. Adelheid scheint ihm zu erklären, sie werde bis auf weiteres das Geschäft übernehmen: Er müsse sich nicht sorgen, nein, es herrsche reger Betrieb und sie habe am Nachmittag viel verkauft, was nicht stimmt. Es wird auch morgen nicht stimmen, solange der alte Mief nicht aus dem Laden zieht.

Ich sehe zum Fenster raus. Wir träumen alle vom Rundumschlag, der uns eine neue Welt beschert. Oder wir geben auf und trauern. Ich krame nach meinem Diktiergerät, aber dieser Intensivstations-Umhang hat keine Einschnitte, durch die man in die Hosentaschen greifen könnte.

Jedes Mal, wenn meine Blicke das Gesicht von Adelheids Bruder streifen, muss ich an den Typen denken, der mir auf der Straße die Jacke verkaufen wollte. Er hatte ebenso tiefe Ringe unter den Augen, nur dass ihn panische Angst verfolgte. Er trug Wahn in den Augen, bis er zu heulen begann, weil mir das Geld im Portemonnaie fehlte. Alles, was ich übrig hatte, war eine Prise Speed oder eine Zigarette gegen den Hunger.

Adelheid sagt ihrem Bruder, sie komme ihn jeden Tag besuchen, gleich wenn sie die Ladentür schließe. Ich versuche eine Regung in seinen

Augen zu entdecken, doch da ist nichts – einfach gar nichts. Langsam dreht er den Kopf und sieht auf das Gitter am Bett und ich entdecke die Schnallen an seinen Handgelenken. Vielleicht dienen sie nur dazu, ihn von der Kanüle abzuhalten. Aber das ist es nicht. Er war im Delirium vergangene Nacht oder ist es immer noch. Er hat nur eine ruhige Phase und ich glaube, er versteht überhaupt nicht, dass wir bei ihm sind. Und dann erhebt sich Adelheid, kommt zu mir, und ich gehe zu ihm ans Bett, will irgendwas sagen, gute Besserung oder so, aber plötzlich geistert mir dieser Satz im Kopf herum: Die Frage, ob ich ihm Bananensaft einschenken soll und ich muss fast heulen und weiß gar nicht, warum.

Auf dem Gang halten wir uns für ein paar Sekunden in den Armen. Dann schlendern wir sprachlos durch die kalten Flure und an den Sitzecken, den Schwestern und Ärzten vorbei, hinunter in die Eingangshalle. Wir heften unsere Augen auf den Boden aus Linoleum, auf den Marmor in der Eingangshalle, auf die Fußmatten vor den elektrischen Schiebetüren und schließlich auf das Pflaster des Vorplatzes.

Während ich den Motor zünde, blickt Adelheid mich prüfend an. Ich setze den Wagen forsch aus der Parklücke zurück und unsere Blicke kreuzen sich für eine Sekunde. Ich möchte sie küssen. Keine Ahnung, warum ausgerechnet jetzt. Doch ich nehme mich zusammen und verdränge das. Denn Adelheid muss den Laden auf Vordermann bringen, sie muss arbeiten und nicht grübeln. Eine Ampelkreuzung warte ich ab und dann sage ich ihr das und sie nickt verhalten, sie hält ihre Hände geschlossen im Schoß.

Maxell und Heidi haben ihr Angebot japanischer Viertürer vergrößert, es sind auch Jahreswagen dabei. Ich zähle dreißig Fahrzeuge der unterschiedlichsten Preisklassen und hier und da ein fremdes Fabrikat, ein

Transporter und sogar ein MX, der allerdings einen miserablen Eindruck erweckt. Wir schlagen die Türen meines Wagens zu und gehen über den Hof, schlängeln uns zwischen den Autos durch auf das Büro zu. Über uns flattern Fähnchen im Wind. Sie hängen von einem Mast zu den Seiten hinab wie auf Maifesten. Maxell kommt uns entgegen, als wir den Raum betreten und wuchtet seine Hand auf meine Schulter. Dann nimmt er Adelheid in die Arme:

„Das tut mir leid, mit deinem Bruder."

Ich sehe nach draußen auf den Kühlergrill eines mittelgroßen Toyotas und überlege, wo Maxell die Autos auftreibt und frage ihn, wie das Geschäft läuft. Danke, danke, meint er, er habe einen richtig dicken Fisch an der Angel, ungefähr ein Dutzend Jahreswagen, er wolle sich allmählich mehr auf Europäer konzentrieren, die Gewinnspanne sei dort größer:

„Von einem gebrauchten Japaner kannst du höchstens zehn Prozent in die eigene Tasche wirtschaften."

Heidi ist in der Werkstatt, beugt sich über einen Motorblock und hält sich den Bauch: „Sieh mal einer an!", lächelt sie und macht ein großes Gesicht. „Ihr beide kommt uns besuchen, gemeinsam?"

„Wann ist es so weit mit dem Baby?", frage ich sie.

„Fünf Wochen noch."

„Musst du nicht in den Mutterschutz?"

„Na, ja!", sagt sie und legt den Schraubenschlüssel zur Seite.

„Strampelt der schon kräftig?"

„Strampelt sie!", antwortet Heidi.

„Du hast sie auf dem Ultraschall gesehen?"

„Schon vor drei Monaten", sagt sie und greift in die Brusttasche ihres Blaumanns und zeigt uns eine Aufnahme: „Das ist der Kopf und hier eine Hand."

„Wie groß ist sie denn?", frage ich.

„45 Zentimeter. Genau kann man das nicht sagen. Sie legt nur noch Gewicht zu in den letzten Wochen."

Und dann möchte Heidi wissen, ob meine Haare so bleiben sollen, silbern. Ich sehe mich suchend nach Adelheid um, doch sie steht woanders und betrachtet eine Hebebühne und fängt an, sie hochzufahren, hält sie kurz an, fährt sie weiter rauf und dann wieder runter. Heidi ist misstrauisch und lässt Adelheid nicht aus den Augen.

„Ist in Ordnung mit den Haaren", sagt Heidi. „Aber rasieren könntest du dich mal."

Ich fasse mir an die Wangen und das Kinn.

„Viel geschlafen hast du auch nicht, oder?", fragt sie. „Wo ist denn dein Wagen?"

Wir gehen auf den Hof. Nach ein, zwei Blicken unter die Motorhaube nimmt sie ein Taschentuch und wischt einmal kräftig über die vom Öl verschmierten Stellen und sagt, es sei mit Sicherheit die Zylinderkopfdichtung. Wir sehen uns an.

„Heißt das, ich soll ihn gleich dalassen?"

„Wäre sinnvoll."

Mir schwant Böses. Ich reibe Daumen und Zeigefinger vor ihren Augen übereinander, doch sie sagt, allzu teuer werde es nicht – auch wenn es der Zylinderkopf sei. Am Preis ließe sich etwas machen.

Maxell sitzt am Schreibtisch, tippt Zahlen in den Taschenrechner und notiert die Summen in Kladden. Er wischt den Schweiß mit einem Tuch von der Stirn bis zur Halsschlagader, wo seine Haut gerötet ist. Gesund sieht er nicht aus. Selbst den zweitobersten Knopf seines Hemds gelöst, schnürt ihm der Kragen den Atem ab. An den Seiten des Schreibtisches stapeln sich Rechnungen und Briefe. Halb unter einem Stoß Papier liegt eine silberne Dose mit Gravuren, die im Neonlicht blitzt. Ich vermute, dass Maxell in diesen Tagen viel konsumiert. Er scheint abgetaucht in seine Zahlenwelt.

Heidi ist wieder in die Werkstatt gegangen, wir haben uns lange nicht mehr ernsthaft unterhalten. Auch Maxell und ich reden kaum noch wie Freunde. Ich winke einmal vor seinem Gesicht und er sieht mich an.

„Hast du noch was auf Lager?", frage ich leise.

Aus der Werkstatt dringen die Geräusche der Hebebühne ins Büro und die Stimmen der Frauen. Ich krame im Portemonnaie: Es ist mein vorletzter Fünfziger für diesen Monat und die restlichen Fünfzig werde ich sowieso heute Abend verprassen. Maxell ist in der Zwischenzeit aufgestanden und öffnet den Tresor und greift hinein. Dann zuckt er mit den Achseln:

„Ich muss oben nachsehen, warte einen Augenblick!"

„Klar doch", sage ich.

Er hat also Vorrat. Wenn man es so macht wie wir, wird dein Freund irgendwann zum Händler und du sein Klient.

Außer mir ist keiner im Büro, während Maxell im Obergeschoss nach dem Zeug sucht. Der Tresor steht offen und ich blicke hinein: Briefe und einige Geldscheine. Doch in dem Moment geht die Tür zum Büro auf und ich drehe mich um: Es ist Adelheid. Sie hält ölige Finger in die Höhe und grinst wie ein schmutziges Kind:

„Das Wasser läuft nicht in der Werkstatt. Hier soll irgendwo ein Waschbecken sein."

„Da drüben", sage ich und blicke ein zweites Mal in den Tresor: Irgendetwas stimmt dort nicht. Aber dann gehe ich zu Adelheid und reiche ihr Taschentücher aus einer Packung vom Schreibtisch.

Maxell kommt zurück, drückt mir ein Tütchen in die Hand und ich gebe ihm den Fünfziger, worauf Adelheid mich enttäuscht ansieht.

„Wie steht's mit heute Abend?", frage ich ihn.

„Gegen elf in der Galerie! Ich gebe einen aus. Wir haben was zu feiern", antwortet Maxell und sagt, dass er jetzt wahnsinnig viel zu tun habe, die ganzen Steuersachen und unerledigten Rechnungen. Überhaupt bräuchten sie bald eine Sekretärin, wenn das Geschäft weiter so brumme. Letzte Woche seien zehn Wagen über den Ladentisch gegangen, mit deutlich mehr als zehn Prozent Gewinn. Er habe einen guten Lieferanten und auch einen Kontakt nach Ghana, um die ausgemusterten Wagen zu verkaufen. Er könne dahin sogar Transporter überführen, die wären heiß begehrt an der westafrikanischen Küste. Nur mit dem Zoll fehle ihm die Erfahrung, aber das bekäme er hin, er kenne jemanden, der ihm helfen würde und während er redet wie ein Wasserfall, tropft ihm plötzlich Blut aus der Nase auf das weiße, verschwitzte Hemd. Direkt auf seinen Bauchnabel, ohne dass er es merkt. Er wünscht uns viel Spaß bis heute Abend und wir sind schon draußen in der sengenden Hitze. Der Wind ist abgeflaut und ich überlege, was mit dem Tag anzufangen sei. Wir nehmen den Bus in Richtung Alexanderplatz und trennen uns dort, geben uns einen flüchtigen Kuss. Schon an der Bushaltestelle nehme ich eine Prise Speed, weil ich nicht schlafen will – irgendetwas muss ich unternehmen und blicke auf die Kuppel des Fernsehturms. Dann steige ich in die Linie 100 und zu Hause öffne ich die Post. Es lag ein Brief von der Staatsanwaltschaft in Maxells Tresor.

Ich trinke eine Pina Colada, weil ich zuvor schon eine in der Mokkabar getrunken habe. Die Aktionsgalerie ist überfüllt, seit im Untergeschoss eine Lesung zu Ende ging. Das Stück hieß Septembernovelle. Auf den Straßen herrscht reger Verkehr und ich gewinne den Eindruck, die Leute seien selten ausgelassener gewesen. Theodor und Doreen stehen bei uns: Er trägt seine Aktentasche fest im Arm und ein um Millimeter gelöster Krawattenknoten scheidet ihn vom Tag im Büro. Ich selbst habe die Zeit an der Bar verbracht und gewartet, bis ein weiterer Beifallssturm von unten über die Treppe hochschlug. Ein paar Lavalampen sind aufgestellt – ich habe jede Bewegung der zähen bunten Flüssigkeiten beobachtet. An die Rückwand des Raumes werden Diaprojektionen geworfen, ansonsten finden sich nur weiße Wände in der Galerie. Maxell kam gegen Ende der Vorstellung und er ist stark auf Speed oder Koks, ihm läuft ständig die Nase und mir wird klar, warum die vielen Taschentücher auf seinem Schreibtisch lagen.

Theodor und Doreen wissen anscheinend nichts davon. Sie sprechen von einer großen Party und Theodor von Gästen aus dem Ministerium. Ich nippe an meiner Pina Colada. Ich habe acht Stunden an einer neuen Idee bis in die Dunkelheit gearbeitet. Der Kater hat sich auf meine Fensterbank gesetzt, als ich das Zimmer lüftete. Manchmal stelle ich ihm die Milch neben den Drucker und sehe über den nächtlichen Kirschbaum auf die Schornsteine, den Antennenwald und folge dem Streulicht des Suchscheinwerfers vom Flughafen Tempelhof. Später schließe ich das Fenster, ich betrachte mein Spiegelbild darin und trinke ein Tonic Water.

Heute habe ich mein Rennrad genommen und bin den Berg hinab unter den gelb erleuchteten Bäumen: Die Händler nahmen ihre Auslagen bereits in die Läden und zwischendrin habe ich noch einen Apfel erwischt. Ich brauche diese Pausen danach, wenn der Monitor lange vor mir geflackert hat. Ich kann unmöglich eine Unterhaltung beginnen und sitze lieber noch in einer Bar – etwa der Mokkabar. Der Barkeeper gibt einem manchmal eine Zigarette, wenn man sich keine Schachtel kaufen möchte. Und die Pina Colada dort ist unübertroffen. Das Publikum ist um die Dreißig, einen Hauch mondän und lässt sich gerne von lateinamerikanischer Musik berieseln. Alles ist leicht und fließt unergründlich seicht dahin. Man kann dort ein Niemand sein für eine Stunde, wenn man nur möchte.

Adelheid legt die Hand an meine Hüfte – ich war in Gedanken. Sie erzählt von ihren Plänen für den Laden und ich werde aufmerksamer. Sie hat das Zeug zu einer soliden Geschäftsfrau, eher als Maxell. Er bestellt uns ein Getränk: Die Frauen nehmen Caipirinha, die Männer ein Weißbier. Ich trinke weiter Pina Colada und beobachte, wie die Bedienung Maxell angrinst und kurz darauf mich. Wir stoßen mit unseren Getränken an und er sagt feierlich, er habe jetzt einen großen Auftrag mit Neuwagen an Land gezogen: Er und Heidi seien aus dem Gröbsten raus. Weit mehr als das, meint er. Und nun, würden sie sich auf den Nachwuchs freuen. Ihm blutet weiter die Nase.

Im Hintergrund läuft die letzte Scheibe von Stereolab. Der DJ hat seine Plattenteller noch nicht vorbereitet. Ein Teil der Gäste geht, sie sind nach der Lesung nur auf ein Getränk geblieben. Und ehe vor Mitternacht ein neuer Schwung Leute kommen wird, bleibt es ruhiger. Das ist die beste Zeit.

Maxell hat sich verändert, seit er dieses Geschäft führt. Irgendwie haben wir uns alle verändert. Allein Melanie ist unbefangen wie eh und je.

Sie plaudert mit Theodor und Doreen, nimmt ihren Taschenspiegel und prüft ihren Lippenstift. Sie hat tatsächlich eine feste Stelle bei Daimler in Marienfelde bekommen. Im Praktikum machte sie nur den Pressespiegel, doch künftig scheint sie ganze Projekte zu betreuen. Ich habe sie wirklich niemals nachdenklich gesehen.

Die Pina Colada schmeckt zu intensiv nach Kokosraspeln und ist kaum geschäumt, in der Mokkabar ist sie besser. Plötzlich geht mir auf, dass Maxell bei unserem Besuch im Büro von Jahreswagen, nicht Neuwagen redete – oder hatte er sich versprochen? Maxell hält sich immer bedeckt, er erzählt keine Einzelheiten. Ich nehme also den Strohhalm meiner Pina Colada und sauge ohne Luft zu holen bis das Glas leer ist, worauf die anderen mich komisch ansehen: Melanie, Theodor, Doreen, Adelheid, die Bedienung, die sonst immer grinst, nur Maxell nicht, er ist erneut zur Toilette gegangen.

„Wo bist du gerade? Bei deinen Plakaten?", fragt Adelheid.

„Nein, etwas Neues, eigentlich Altes", sage ich.

Adelheid ist heute elegant gekleidet, anders als in den Monaten zuvor. Adelheid fragt immer diese Dinge. Aber dann kommt Maxell durch die Pendeltür von den Toiletten zurück und der DJ legt die erste Platte auf und ich rieche Adelheids Körper – ich sollte mir noch eine Pina Colada bestellen.

Eine halbe Stunde später verlassen wir die Galerie und machen uns auf den Weg in den Sage Club. Wir werden tanzen und so manches Mal auf die Toilette gehen. Das Pendel ist aus dem Lot. Ich muss an den Brunch denken, zu dem Theodor und Doreen einladen. Fragt man sie nach dem Anlass, weichen beide merkwürdig aus. Wahrscheinlich ist Doreen tatsächlich schwanger und sie wollen es allen zugleich bei Sekt und Büfett offenbaren.

In der Straßenbahn fragen wir die Fahrgäste, ob sie der Rauch eines Joints stören würde. Und niemand antwortet, sie starren alle verschämt auf ihre Fußspitzen und sind empört – an manchen Abenden wollte ich mit keiner Stadt auf dieser Welt tauschen. Und draußen schießt die Nacht vorbei.

Die Gesichter verschwimmen ständig vor meinen Augen. Seit einer halben Stunde tanzen wir, nur Theodor und Doreen nicht, sie sind nach Hause gefahren. Sie haben eine schwere Woche vor sich: Theodor muss ein Konzept zur besseren Erschließung Brandenburgs für den Kultur-Tourismus vorlegen, mir rasen seine Worte immerzu durch das Hirn. Er arbeitet in Potsdam für das brandenburgische Wirtschaftsministerium oder war es das Landwirtschaftsministerium?

Ich habe Alexander getroffen, einen Holländer, den ich vor geraumer Zeit in der Mokkabar kennen lernte. Er war aus Curaçao zurück und hat dort ein paar Tage im Knast gesessen. Beim Check-in am Flughafen Tegel sei ihm der Reisepass eingezogen worden, weil er dem Zoll aus Versehen jenes Exemplar zeigte, das er vor Jahren verloren gemeldet hat. Als sie ihn fragten, wie er auf Curaçao mit dem Pass habe einchecken können, meinte er, er hätte dort den neuen vorgezeigt und den alten unvermittelt auf dem Flug im Rucksack gefunden und dummerweise hier in Berlin vorgezeigt. Alexander sagt immer, ich sei ein Grünschnabel. Vermutlich hat er recht: Ich erzähle zu viele Geschichten, die ich gerne selber erlebt hätte.

Seit Mitternacht läuft Trance-Musik. Und Melanie tanzt am Rand, Adelheid, Maxell und ich tanzen mittendrin. Alexander ist an die Bar gegangen. Vor mir ist eine Mittelgroße mit langen, schrill gefärbten Haaren und viel Plastik überall am Körper. Hinter ihr ist eine, die zu mir passen könnte. Sie trägt silberne Klamotten und unheimlich hohe Plateauschuhe. Ich bin der einzige, der auf der Tanzfläche raucht. Allmählich werden die Farben intensiver. Mir wird überall warm.

Trotzdem spüre ich keine Temperatur, es ist nicht, dass ich schwitze oder friere. Ich bin sehr nahe bei Adelheid und spüre, heute Abend wird etwas geschehen, vielleicht mit uns beiden und ich will nicht hoffen, das Zeug könnte mir die Nacht versauen. Die Musik ist verlässlich, sie ist geschmeidig, sie hat keine Ecken und Kanten und ich wiege mich sicher im Takt. Es ist das wohlige Nichts. Und ich vergesse, was ich seit den Tagen beobachte, vergesse die Armut gesehen zu haben und den Schmutz dieser Stadt wie die ausgemergelten Gesichter und den Lärm der Straßen wie die Hektik in den Einkaufszentren und die gefüllten Brieftaschen dort. Die stinkenden Kioskbesitzer und mittellosen Bauchladenträger in den Cafés wie die dunklen Augen der Vietnamesen vor ihren kümmerlichen Zigarettenstangen am Hermannplatz und am S-Bahnhof Karlshorst, die nicht wissen, wann ihre Bosse sie in den nächsten Bandenkrieg ziehen und wer von ihnen dran glauben muss. Und die zweigeteilte Gesellschaft auf den Trabrennbahnen an Sonntagen zur Mittagszeit – das überquellende Geld in den Logen mit Zigarettenspitze, teurem Kostüm und erlesenem Vergnügen ein paar Scheine hier und da zu setzen, und am Fuß der Haupttribüne die nach billigem Fusel stinkenden Arbeiter im verschwitzten Unterhemd, die literweise Büchsenbier durch ihre braunen Zahnlücken in sich flößen, das kaum besser schmeckt als das Zisternenwasser des vergangenen Herbstes. Die jeden Sonntagmittag ihre Viererwetten diskutieren und blindlings allen Tipps der Veranstalter Gehör und Geld schenken und ein ums andere Mal nur sagen: Es seien nicht sie – die armen Leute –, denen das Glück zukomme, worauf sie hundert Mark ärmer und betrunken nach Hause stolpern. Ich vergesse die Schlangen vor den Arbeitsämtern einen Tag darauf, vergesse die prügelnden und vom Hass auf ihre aussichtslosen Leben zerfressenen Neonazis und vergesse auch die prunksüchtige Jugend der Unterschicht aus dem Wedding. Ich vergesse die Flut abgemagerter Junkies, die für einen Zehner alles machen und auch alles mit sich machen lassen und vergesse, dass unsere Stadt mehr Menschen ohne Arbeit zählt als der Neoliberalismus in unserem Land Parteigänger rekrutiert, die ohnehin nichts anderes verstehen, als mit den Füßen nach unten zu treten und die Armut zu bespucken und ich vergesse die Deutschen, die so lange nach den Intellektuellen schreien, bis ihnen der Kragen zu eng wird. Es bleibt so ruhig und warm in diesem Club. Es ist nur das Flair, das diesen Ort von jenem scheidet, an dem Theodor und Doreen allabendlich im Tangokleid verkehren. Und nach und nach entschwindet Adelheids Gesicht aus meiner Erinnerung und ich tanze weiter zu den Bässen, über sanfte Harmonien hinweg und schließe die Augen und sehe eine Menge Farben. Irgendetwas wird heute geschehen.

Ich stehe mit Adelheid in einer Ecke und fühle mich nur im Kopf. Wir küssen uns seit einer Ewigkeit. Irgendwann hatte sie ihre Hand unter mein Hemd geschoben und ich war mehrmals unter ihrem, aber ich weiß nicht, wie das mit den Händen im Augenblick ist. Ich habe den Eindruck, als falle ich in ihren Kopf hinein, wenn ich sie küsse, aber dann auch wieder nicht, wenn ich ihre Lippen zwischendurch spüre. Ich kann die Musik dabei hören, sie wird kräftig und rhythmischer, Drum 'n Bass. Und ich kann Adelheids Worte hören, sie will mit mir nach draußen gehen und ich will schon die ganze Zeit nichts anderes, aber ich bin mir nicht sicher, ob ich's hinkriege. Ich muss mit den Bewegungen aufpassen, weil irgendwas ständig die Worte zu dem sagt, was ich tue. Irgendwas sagt Fuß, wenn ich auftrete, irgendwas Zunge, wenn ich Adelheid küsse.

Ich muss das beenden und sage Adelheid, was los ist. Plötzlich fängt sie an zu kichern und sagt Schwanz, sie sagt die ganze Zeit immer Schwanz und ich lasse sie los, weil mich das verwirrt. Ich lasse sie stehen, während sie mich fragend ansieht, gehe zu Alexander an die Bar und habe keine

Lust, mich zu unterhalten und vor allem will ich nichts trinken, aber ehe ich mich versehe, mache ich beides.

„Hey, Grünschnabel!", sagt er. „Zuviel genommen, was?"

Ich winke ohne Worte ab und stütze mich auf die Thekenzeile, so gut es geht. Eine Frau setzt sich neben Alexander, es ist dieselbe Frau, die ihn in die Mokkabar begleitete. Alexander war damals auf Wohnungssuche, sie blätterten gemeinsam in Zeitungen und ich saß neben den beiden. Ich war an keinem Abend völlig nüchtern, als ich in den letzten Jahren jemand kennen lernte.

Alexander fragt nach der Blumenerde auf meinem Laptop. Ich muss ihm davon erzählt haben.

„Das L knirscht immer noch", sage ich.

Er sagt, er habe Arbeit und eine Wohnung gefunden und ich gratuliere ihm. Er führt Filme in einem Freilichtkino vor. Heute Abend seien es From Dusk Till Dawn und Dead Man gewesen. Dass ich entlassen worden bin, verschweige ich. Wie lange es wohl dauern kann, bis die Sache mit seinem Reisepass geklärt ist? Ganz dunkel entsinne ich mich an die Nacht der Mokkabar und wie ich ihn fragte, ob er mich nach Curaçao mitnähme, wenn er Deutschland wieder verlassen würde.

Ich bestelle ein dunkles Weißbier und nehme eine von seinen Zigaretten. Adelheid kommt an die Bar, sie hat sich inzwischen beruhigt. Irgendwie schaffe ich es halbwegs anständig und mit akkuratem Ton, ihr Alexander vorzustellen. Sie grüßen sich und ein Film läuft in meinem Hirn: Ich denke, es träfen sich Größen aus der Szene hier in uns. Ich muss diesen Mist beenden, ich nehme einen großen Schluck von dem Weißbier, dann aber schmeckt es nicht mehr, ich schnappe mir Alexanders Longdrink und leere ihn und verschwinde. Ich schiebe mich durch das Gedränge an der Kasse zum Eingang und stehe draußen an der Heinrich-Heine-Straße, sehe auf die schwachen Sterne und erinnere mich an meine letzte Nacht mit dem Teleskop auf dem Teufelsberg und die klare Sicht auf das Sommerdreieck.

Ein alter Säufer neben mir pinkelt in seine Hose und alles läuft über das Chromgestell des Barhockers nach unten auf den Fliesenboden. Ein kleines Bier vom Fass, eine böhmische Sorte, kostet eine Mark, ein mittleres eine Mark und fünfzig, ein großes zwei. Ich sehe die Preistafel direkt vor mir. Maxell würde sicherlich den ganzen Laden aufkaufen, säßen wir hier zusammen. Einsam ist es, verraucht und dunkel. Nicht interessant, nur völlig vergammelt und nicht als Kultstätte geeignet. Der Schuppen heißt Melancholie – ich bin nur zehn Meter um die nächste Ecke gekommen. Ich nehme einen tiefen Zug von meiner Zigarette und der Rauch kratzt am Kehlkopf.

Dann sehe ich den Mann am Zapfhahn an und sage: „Einst vom Land der Bürgerlichkeit gekommen, nun in der Weltstadt der Hinterhöfe versackt, hinabgestiegen in mein Land des Euphorietodes."

Er schüttelt den Kopf, zapft dem bärtigen Säufer neben mir ein neues Bier und sagt, dass ich lallen würde.

„Hör' mal!", sage ich: Lass dir was sagen: In dieser zivilisierten Welt gibt es ein untrügliches Zeichen, ob du schon am Ende bist: Zähl' deine Voyeure! Ein Mensch ohne Voyeure ist Mittelmaß. Wenn du keine Voyeure hast, läuft alles wie geschmiert. Prost!"

„Mann, sieh' zu, dass du Land gewinnst und quatsch' mich nich' voll."

Ein Taxi hält vor mir, nachdem ich gewinkt habe und ich fahre im Kurzstreckentarif, so weit es geht. Die Richtung habe ich vergessen. Es ist Nacht. Nur wenige Fenster sind erleuchtet. Dann sagt der Taxifahrer irgendwas und ich zahle und stehe wieder auf der Straße und rauche. Ich durchwühle meine Taschen und halte einen Flachmann in der Hand. Keine Ahnung, ob ich dem pinkelnden Säufer aus der Melancholie das Ding geklaut habe. Der Verschluss dreht sich schwer und wirkt verschmiert, sodass ich ein Taschentuch nehme und den kurzen Flaschenhals reinige. Dann rieche ich am Inhalt: Schnaps. Ich nehme einen Schluck und mache mich auf den Weg, einfach geradeaus und nach einigen Metern sehe ich das Ufer des Kanals. Auf der anderen Seite wohnen Theodor und Doreen. Langsam gehe ich die Straße hinunter, immer weiter. Ich sehe eine U-Bahn-Station, eine Hochbahn. Ich habe die Orientierung verloren und der Flachmann ist bereits leer, ich schmeiße ihn zur Seite auf einen Grünstreifen und gehe noch ein Stück und dann muss ich mich übergeben.

Ein bestialischer Gestank durchzieht meine Nase. Ich höre ein spitzes Geräusch, das näherkommt. Ein sehr heller Ton, der rhythmisch wiederkehrt und hoch anschwillt. Es riecht nach Urin und verfaulten Lebensmitteln. Und immer höre ich diesen Ton. Ganz vorsichtig öffne ich meine Augen und halte zum Schutz eine Hand vor die Stirn. Jemand schnarcht unablässig zwischen den schrillen Lauten, die wachsen und wachsen. Und dann springe ich auf. Eine Ratte, eine fette, nasse Ratte sitzt einen Meter vor mir im Gras. Zwei schmierige, von Motten zerfressene Decken hängen von meinen Schultern, ehe ich sie zu Boden schmeiße, dorthin, wo das Schnarchen aus dem Untergrund des Mülls hervordringt. Es ist helllichter Tag, ich stehe unter der Linie 1 am Kottbusser Tor, an dem ein Penner seine Matratzenhöhlen und Kartonhütten vor einer Wand errichtet hat. Unter einem Abfallhaufen aus Papier und zerfressenen Wolldecken regt sich jemand und ich renne davon, ich renne vor meiner gestrigen Nacht – ich renne fort vor mir.

Für den Nachmittag ist Regen angekündigt. Ein feuchter Sommerregen, der uns keine Abkühlung bringen wird. Ich öffne die Briefe während der Fahrt und lasse mir den Wind ins Gesicht und unter die getönte Brille wehen – seit zwei Wochen habe ich Arbeit. Ich sitze in einem Büro am Kurfürstendamm und vermittle Datensätze an Immobilienmakler. Jeder Datensatz kostet zweihundert Mark, die folgenden Geschäftsabschlüsse zwischen Makler und Kunde bewegen sich in anderen Größenordnungen. Das Büro habe ich vor einer Stunde verlassen, ich befinde mich auf dem Weg zu Doreen. Es sind 35 Grad gemessen worden, wiederum, und ich denke schon gar nicht mehr daran, das Verdeck meines Wagens aus dem Kofferraum zu holen. Heidi hat mir den Motor für 250 Mark repariert und er läuft wie am ersten Tag.

Alexander ist für ein paar Tage nach Amsterdam gefahren. Seit Beginn des Binnenmarktes sind keine Kontrollen an den Grenzen zu befürchten und er glaubt, es wird keine Probleme geben. Ich habe noch zwei Vorstellungen bei ihm besucht im Freilichtkino und einmal sind wir nachts um vier Uhr mit seinem Schlüssel rein und haben uns ein paar Minuten von Pulp Fiction angesehen. Wir sind über die Tribünen gestolpert und haben versucht, den Stil von Vincent Vega zu imitieren, wie er gegen Ende das Lokal verlässt und dabei komisch im Rückgrat einknickt. Auch Melanie war mit von der Partie und sie ist bis zum Schluss geblieben, was uns alle wunderte.

Gestern ist der Typ aus dem Abfallbüro, der jetzt wieder studiert, tatsächlich bei Adelheid eingezogen. Ich muss daran denken, wie sie mir vor dem Café in die Augen sah, als Peters Name fiel. Er wohnt im leeren

Zimmer nach Süden, wo eine Sprossenwand steht, die ihr Bruder seit Jahren nicht mehr benutzte. Er ist seit kurzem in einer Anstalt am südlichen Stadtrand, nachdem die Ärzte im Krankenhaus dazu rieten. Er wirkte überzeugt es zu schaffen. Er könne den Willen förmlich beim Schopfe fassen. Jedenfalls hat Adelheid mehr Freiheit durch seine Abwesenheit. Man kann es im Laden sehen: Hier und da eine Neuerung, cremefarbene Regale zwischen den Mauervorsprüngen, in die sie Oberbekleidung nach Größen einsortiert. Es gibt neue Kleiderständer, eine neue Kasse und vergangene Woche waren einige für den Samstagnachmittag dort, als sie den Laden schloss und mit dem Tapezieren begann. Anschließend wurde ein neuer Fußboden verlegt und ein nagelneues, beleuchtetes Geschäftsemblem über dem Eingang angebracht.

Ich blase den Rauch in den Fahrtwind und blättere die Briefe durch. Vorübergehend lasse ich sie ins Büro nachsenden. Ich bin gut rasiert. Ich arbeite ziemlich viel und will das Gros bis zum Mittag schaffen – heute habe ich sogar am Samstag gearbeitet. Es sind zwei Rechnungen in der Post und die Geheimnummer für eine neue Kreditkarte, Urlaubskarten von einer entfernten Verwandten aus Spanien oder Frankreich – ich kann die Briefmarke unter dem verschmierten Poststempel nicht erkennen, zumindest regnet es an ihrem Urlaubsort. Und Alexander hat aus Amsterdam geschrieben. Ich lege alles zur Seite und drehe das Radio lauter und fahre am Europacenter vorbei. Ich besitze gute Einfälle und werde sie am Abend mit einem neuen Programm ausarbeiten, das aus dem Büro stammt. Das Band im Diktiergerät ist voll, ich sollte mal wieder anständig essen gehen.

Ich biege auf eine Hauptstraße ein, die von einem Dach aus Platanen bedeckt ist. Auf den Trottoirs liegen die frischen Schalen ihrer Rinde und die Sonnenstrahlen huschen wie goldene Christbaumkugeln über meine

Windschutzscheibe. Ich bleibe ein Sonnenmensch, auch wenn der Tag keine Sterne besitzt.

Ich warte an einer Ampel und der Verkehr staut sich, während die Linksabbieger wild auf der Kreuzung hupen und mit den Armen fuchteln. Die Hitze brennt unentwegt und am Straßenrand sitzen die Punks und einige, die wohl auf der Straße leben, ihr Geld hier verdienen. Sie putzen Windschutzscheiben für eine Mark. Einer trägt eine pechschwarze Tätowierung auf dem Schädel, ein anderer fünfzig Ringe durch Ohren, Nase, Lippen, die Zunge und Augenbrauen – er und seine Jungs trinken Bier und rauchen. Machen wir auch, nur in den Clubs, wo das teurer ist. Ich nicke dem Typen mit den Ringen also zu und beobachte ihn durch die Sonnenbrille mit ernster Miene, sodass er denken könnte, ich sei einer von der spießbürgerlichen Sorte, einer, der am Samstagvormittag in der Waschanlage immer das Programm mit dem Heißwachs nimmt, falls es auf der Fahrt zu den Schwiegereltern regnen sollte. Ich habe ein paar Falten in die Stirn gezogen und wische zweimal mit der Hand über das Armaturenbrett, wo eine Staubschicht liegt – auch die Kerle mit den Heißwachsautos machen das zur Überbrückung, können sie die Zeit an den Ampeln nicht produktiv nutzen. Kerle, die den linken Unterarm nicht aus dem Fenster baumeln lassen, während ihre Frau oder Verlobte auf dem Beifahrersitz posiert. Kerle, die anderen Frauen aus Pflichtgefühl keine Komplimente machen und ihre eigenen nach sieben Jahren betrügen.

Meine Scheibe ist nun sauber bis auf die Wischränder. Die Ampel schaltet auf grün, ich reiche dem Mann mit den Ringen eine Mark, er stiefelt zu seinen Kollegen und ich gebe ordentlich Gas. Doreen lädt für Sonntag zum Brunch ein und ich habe ihr meine Hilfe angeboten, weil ich heute freihabe.

Ich biege auf das Waterloo-Ufer ein. Vor der Postfiliale ein paar Meter weiter streunen die Punks wie an allen, trockenen Tagen umher und betteln nach Kleingeld. Sie suchen öffentliche Plätze auf, an denen Passanten nicht vollends arm, aber auch nicht reich sind. Am Eingangstor dieser Poststelle hängt in schwarzen Lettern ein Schild mit überdeutlichem Bettelverbot. Im Vorbeifahren erkenne ich die klaren Buchstaben. Ich wundere mich einen Augenblick, warum die Punks nicht vor unserem Büro am Ku'damm sind, wo die Touristen flanieren. Schließlich wechselt das Publikum dort ständig auf dem Trottoir und ist dadurch nicht bekannt mit den immer gleichen, bettelnden Gesichtern. Vermutlich aber bleiben die Punks dem Ku'damm fern, weil die teuren Geschäfte und Hotels ihre Anstandswächter patrouillieren lassen.

Ich trinke eine Cola und ziehe den Wagen in die freien Lücken des Verkehrs, verfolge den Landwehr-Kanal zu meiner Linken, wie auch die Tauben, die sich vor der Wärme unter die eiserne Trasse der Linie 1 verkriechen. Ein paar Tropfen fallen auf die Windschutzscheibe, doch nirgendwo am Himmel scheint der milde Regen eine Herkunftsstätte zu besitzen. Im Zenit trieft sattes Blau hinab und über den Dächern der Stadt bleibt alles irgendwie frei. Im Winter kennt die Stadt keine Grenze zum Himmel, wenn sie in das Grau verfließt. Im Sommer aber kann man fühlen, dass Berlin über den Giebeln zu Ende ist.

Durch die Fenster unserer Büroräume scheint die Sonne für zwei Stunden am frühen Nachmittag. Es sind geräumige Flächen mit rauchfarbenen Raumteilern aus Glas, mit großen Drachenbäumen und Gummibäumen in wuchtigen Tontöpfen. Einer der Drachenbäume ist drei Meter hoch und berührt mit der Spitze eines Blattes die Decke. Wir nennen ihn den Kitzler. Neben dem Baum hat mein neuer Chef mir ein Angebot gemacht, das ich nicht ablehnen konnte. Eine – wie er meinte – echte Chance für jemanden wie mich, der außer einem abgebrochenen

Studium nichts vorzuweisen hätte. Ich solle aus der telefonischen Kundenberatung in die Produktplanung wechseln. Im kommenden Monat wird eine neue Hotline geschaltet: Dem Produkt fehle noch der Feinschliff. Es ginge um Kuren für Kunden mit geringem Geldbeutel. Kunden, deren Krankenversicherungen nicht vollständig zahlen. Wir werden sie an unsere Fachleute vor Ort vermitteln, die ein entsprechendes Paket zusammenstellen und danach ist unsere Arbeit beendet.

Meine Einfälle, die mit dem neuen Grafikprogramm auszuarbeiten sind, haben damit nichts zu tun. Eine Werbung für Maxells Laden wäre interessant. Mir geht ein Bild durch den Kopf von ihm und Heidi und dem Baby, wenn es da ist: Sie stehen links und rechts neben den Türen eines Japaners, Maxell mit dem Kind auf dem Arm und Heidi mit Werkzeug in den Händen. Der Hintergrund wäre zur Hälfte rosa und hellblau und die Überschrift lautet:

„Nachwuchs im Portemonnaie!"

Und ganz unten am Bildrand gäbe es nichts Besseres, als ein B in das Hellblau zu setzen und ein A in das Rosa ganz rechts und genau dazwischen stünde die 96. Darunter wären kurze Informationen zu setzen, damit jeder weiß, wie man ihr Geschäft findet. Mit dem neuen Grafikprogramm aus der Firma wäre das einfach.

Doreen steht oben auf dem Balkon zur Straße, während ich den Wagen parke. Sie winkt. Ich ziehe den Schlüssel aus dem Zündschloss und streiche mehrfach über das kurzärmelige Hemd – irgendeine Pflanze im Büro muss Samen oder Flusen in die Luft verstreuen. Auf dem Gehsteig spricht mich eine Frau im mittleren Alter an und fragt nach einem italienischen Restaurant namens La Strada. Ich sage, es sei mir nicht bekannt, aber einige Meter weiter wäre ein guter Italiener, Stella del Sud, der ausgezeichnete Nudeln mache. Die Frau trägt eine Hose aus Flanell und darüber ein für die Jahreszeit zu warmes Sakko aus einer anderen Kombination, darunter ein Blouson. Sie stellt komische Fragen und wir unterhalten uns darüber, was man sich bei einem guten Italiener nicht entgehen lassen darf. Das bringt mich auf eine Anekdote, als wolle ich diese Frau mittleren Alters für mich gewinnen, für einen Moment, hier auf der Straße. La Strada. Wie uns der Grappa immer die Schuhe ausgezogen hat im Stella del Sud, wenn wir alle beisammen waren. Melanie reizte uns bis aufs Blut mit einer Theorie: Alle Studenten sollten das Streiken aufgeben und endlich die Vorlesungen besuchen, alle Vorlesungen und alle außerordentlichen Veranstaltungen und über alles dem Senat eine Rechnung stellen: Bildung zu Wucherpreisen. Nur so änderten sich die Dinge. Dann kam der Koch an unseren Tisch und fragte, ob wir zufrieden wären. Und wir lachten und er lachte auch – nur Melanie wurde glühend rot, weil sie niemand ernst nahm. Der Koch ging zu einer Vitrine und brachte uns einen teuren Grappa. Irgendwann fing Maxell an, Italienisch zu imitieren, bestellte eine ganze Flasche und schlief mit dem Kopf auf dem Tisch ein und ließ einen riesigen Furz. Wir flogen raus. Melanie hat nie wieder von ihrer Theorie erzählt.

Die 45-Jährige fragt, ob ich keinen Nebenjob suche, ich sei doch Student. Ich blicke zum Balkon hinauf, aber Doreen ist in die Wohnung gegangen – sie hat die Tür zum Treppenhaus vielleicht schon geöffnet und wartet an der Sprechanlage auf mein Klingelsignal oder sie ist in der Küche, vielleicht schneidet sie dort Gemüse oder Fisch, es soll Haifisch geben. Dann sehe ich wieder auf die Frau mit der Flanellhose.

Rentenberatung sei das kommende Thema, sagt sie. Ein lukratives Feld für junge Leute wie mich und ganz besonders im Zeichen der Neuordnung in Deutschland. Rentenberatung: Zuerst denke ich an unseren Minister und dann an irgendeine Rentnerin, vor der ich sitze und beschönige, was ich gar nicht kenne und dann muss ich denken, dass ich nicht mehr jung bin. Die Frau hält mir ihre weißblaue Visitenkarte hin, auf der das Emblem einer großen Versicherungsgesellschaft oben links abgedruckt ist.

„Ich bin kein Student", sage ich.

„Aber sie haben doch Freunde? Freunde, die man zu sich ins Haus bitten würde."

Ihre Augen machen einen wissenden Eindruck: Sie hält mich an der Leine und ich möchte diese Situation beenden, nehme ihre Karte und verabschiede mich und gehe zum Eingang. Unter dem Klingelknopf steht der Name von Mallwitz. Dann schrillt der Summer.

„Es sind drei hohe Stehtische im Keller. Ich denke, wir sollten einen auf den Balkon stellen und die anderen vor das Fenster", sagt Doreen, was bedeutet, ich müsse vom fünften Stock nach unten gehen und sie schleppen. Von draußen scheint die Sonne nun direkt in das große Zimmer, die Helligkeit schlägt auf die glänzenden Dielen, breite Dielen aus Kiefernholz mit feuerroter Maserung, die ich Doreen und Theodor vor zwei Jahren gegen ein paar Mark geschliffen und lackiert habe. Ich stand mit einem Tausender bei Maxell in der Kreide, damals.

„Meinst du nicht, es regnet bis Sonntag nochmal und die Tische werden nass?", frage ich Doreen.

„Keine Bange", erwidert sie und geht mit langen Beinen elegant in die Küche.

Die Wohnung ist geräumig und besitzt ein leerstehendes Zimmer nach Osten mit Blick auf einen Friedhof. Vor einem Jahr hat Doreen es tapeziert und seither denke ich, es lebt ein Mensch zu wenig hier, weil der Raum mit Blick auf die Friedhofsmauern ungenutzt ist. Man könnte meinen, Doreen versuche seit einem Jahr schwanger zu werden, doch erst jetzt habe es geklappt.

„Alles in Ordnung mit dir?", ruft sie aus der Küche.

„Ja, ja!", entgegne ich und muss an ein Baby denken. An eine leere Wiege im weißen Zimmer, dessen Tapeten bald mit Walt-Disney-Figuren beklebt sein könnten, dessen Fenster von hölzernen Mobiles verhangen sind, ein Raum, in dem die Steckdosen mit grünen oder orangefarbenen Dämmerlichtern verschlossen sind. In dem eine Spieluhr angebracht ist, die nur einmal probeweise aufgezogen wurde, eine Ablage mit Badetüchern in hellblau und rosa, solange der Ultraschall keine Sicherheit bietet. Und ein Zimmer, das nach Osten zu den Friedhofsmauern zeigt.

„Ich geh' mal und hole die Tische".

Bis zum Wochenende muss alles vorbereitet sein – Doreen möchte ihre Gäste verwöhnen, das ist ihre Art. Maxell war beim letzten Mal so betrunken, dass er im Heißhunger gegen Mitternacht ihren Kühlschrank plündern wollte und davor taumelte: Blass im Gesicht, er wedelte mit der rechten Hand in der Luft vor sich her, dann kotzte er im hohen Bogen vor die Gemüsefächer. Ich beseitigte die Schweinerei so schnell es eben möglich war, er hatte ganze Fangarme erbrochen vom gegrillten Oktopus, den es mittags gab.

Im Keller stolpere ich zwischen den Kartons und Stühlen. Einen Tisch habe ich bei der Hand und stelle ihn nach draußen. Irgendwie lief es mies heute bei der Arbeit. Ein Perverser war zweimal in der Leitung, er nennt sich Phantom. Er fragt nach unseren Schwanzgrößen oder den Brüsten der Frauen. Eine Woche noch, dann soll ich in die Produktabteilung wechseln.

„So, das wäre geschafft", rufe ich zu Doreen in die Küche und stelle den dritten Tisch auf den Balkon. Ich rauche eine Zigarette und betrachte die Spitze des Fernsehturms, der sich hinter den Dächern erhebt. Doreen legt ruhige Musik auf und ich beobachte die Positionsleuchten. Ich habe mein Speed auf dem Firmenklo vergessen. Keine Ahnung, weshalb mir das jetzt erst aufgeht. Das Zeug ist auf dem Spiegelbrett, denn in meinen Hosentaschen finde ich es nicht, auch nicht im Jackett. Mir wird heiß und ich blicke auf den Verkehr nach unten. Zum Büro habe ich keinen Schlüssel. Obwohl ich an der Produktentwicklung beteiligt werde und mehr Verantwortung tragen soll. Trotzdem liegt das Zeug dort im Klo. Ich wühle in meinen Taschen. Im Portemonnaie finde ich noch eine Prise von vorgestern, ein günstiger Zufall. Langsam nehme ich es mit der Ecke meiner neuen Kreditkarte. Das Speed ist sehr rein und wirkt schon, bevor ich es schnupfe.

Auf dem Sekretär im Zimmer stehen Tonic Water und Ginger Ale. Ich gieße mir ein Glas Tonic ein und gehe wieder hinaus, lehne mich an die Brüstung des Balkons und zähle die Autos. Ich lache, es gibt eigentlich keinen Grund zu lachen, ich sehe nur, dass es mit der Arbeit weitergeht, vielleicht bringt das Veränderung in mein Leben, zumindest einige Mark, die ich vorher nicht besessen habe. Ich habe Skrupel, die Leute dahin zu lenken, wo sie ihr Geld nicht anlegen wollen. Im dichten Dschungel der Finanzdienstleistungen neue Lichtungen zu roden und neue Erträge zu ernten, das ist unser Job, sagt mein neuer Chef. Im Grunde habe ich gar keine Ahnung, ob es für die Kunden wirklich von Vorteil ist, ihr Kapital in Immobilien zu investieren. Da sind ein paar Werte, die ich ihnen nenne, Spannen, in denen sich Abschreibungen bewegen können. Unserem Büro geht es lediglich darum, möglichst viele Informationen aus den Kunden zu holen. Ist ein Datensatz vollständig, bringt er richtig Geld. Die Fachleute vor Ort, Makler und Ehemalige aus Banken und Versicherungen – sie alle kenne ich nicht. Vermutlich Herren mit schicken Wagen auf Kredit, weil der Kunde insgeheim dem Berater mit Mercedes auf Pump doch mehr zutraut als jenem mit bezahltem VW-Käfer. Auch ich bin Mittel zum Zweck. Ich mache die Sache bislang gut und je lockerer ich mit den Kunden am Telefon rede, ihre Daten in den PC eingebe, umso fremder werden sie mir. Dennoch bohre ich weiter und schließe die Gespräche mit freundlichen Worten ab, tippe eine Nummer oben links in den Datensatz und weise danach alles einer Kartei mit aufsteigenden Nummern zu. Zur Sicherheit zeichnen wir jedes Telefonat mit einem Kunden auf. Unser Chef soll eine ganze Reihe Bänder im Tresor haben. Und sobald ich das Büro verlasse, fühle ich diese Leere. Doch jetzt kommt das neue Produkt: Kombinationen aus privaten Zusatzkrankenversicherungen und Krediten für Kuraufenthalte.

Ich sehe unser italienisches Restaurant unten auf der anderen Straßenseite, Stella del Sud, und blicke in meine Geldbörse, stecke die Karte ein und ziehe die Visitenkarte der Frau von der Straße heraus. Es existiert überhaupt kein Restaurant La Strada. Jetzt geht es mir auf. Auch ich stelle meinen Kunden vorab diese Fragen, gegenstandslose Fragen. Ich mache das täglich und bemerke doch nicht, wie ich selbst in die Falle tappe: Biete einem Menschen die Illusion, er könne dir helfen und du hast ihn für dich gewonnen. Ich stütze mich auf den Stehtisch und spiele mit dem Zeigefinger am Glasrand – ich nehme noch einen Schluck.

„Was machst du heute Abend?", fragt Doreen und tritt zu mir auf den Balkon. Sie schaut mir in die Augen. In der Fensterscheibe spiegelt sich mein Gesicht und ich erkenne die silbernen Haare.

„Triffst du dich noch mit Adelheid?", möchte Doreen von mir wissen, worauf ich verneine und das Glas Tonic anhebe.

Doreen sieht mich eindringlich von der Seite an. Über der Straße geht ein leichter Sommerregen nieder und die Geräusche der Reifen auf dem Asphalt verändern sich. Ich kann ihre Mundwinkel sehen, die sich vor Freude regen. Ich vermute, morgen werden sie es verkünden.

„Nein, momentan treffen wir uns nicht", sage ich. „Wahrscheinlich sind wir uns wieder zu nahe gekommen. Oder es liegt daran, dass ihr dieser Peter gefällt. Ich weiß nicht so recht."

Doreen schweigt. Am anderen Ende der Straße entdecke ich die 45-Jährige mit Regenschirm im Gespräch bei einer neuen Passantin. Liebend gern ginge ich jetzt die Stufen hinab und würde ihr den Hals umdrehen. Irgendwas ist bitter in dieser Welt.

„Ist Adelheid für morgen eingeladen?", frage ich.

„Möchtest du, dass ich sie anrufe?"

Ich verneine und sage anschließend doch „Ja" und nehme den letzten Schluck Tonic, lasse die Kohlensäure unter meinem Gaumen wirken und schlucke es runter. Ich fühle die Visitenkarte in meiner rechten Hand, dann zerknäule ich sie und werfe sie auf die Straße hinab.

„Ich gehe ins 103, tanzen", sage ich. „Vielleicht fahre ich vorher noch aus der Stadt."

„Und wohin? Wieder an die Havel?", fragt sie.

Ich sehe langsam über die Dächer: Ein Schornsteinfeger zieht seinen Besen aus einem Schlot, es steigt eine größere Rußwolke auf und sie wird direkt vom Regen erfasst und zu Boden getragen. Der Himmel ist vollends bedeckt und in der Ferne sieht man, wie der Regen stürmisch aus den Wolken fällt.

„Wann soll ich Sonntag kommen?", frage ich.

Zwischen den Wolken sinkt ein Airbus im Landeanflug auf Tegel, eine Maschine der Lufthansa. Vor und hinter mir fahren Pendler aus der Stadt, es ist 17 Uhr: eine gute Zeit für ein Eis. Ich war bei Emporio und die junge Bedienung fragte, wie häufig ich die Haare nachfärben müsse und ob das mit der Werbung für Aluminiumfolie richtig sei. Sie hätte die Sender verfolgt und keine Werbungen für Alufolie gefunden. Und noch ehe sie zu irgend einer Pubertätsenttäuschung ausholen konnte, mich einen dreckigen Lügner zu nennen – womit sie richtig läge –, da habe ich noch eine zweite Portion Kokosraspeln bestellt. Sie machte dunkle Augen, streute eine großen Löffel Raspeln über die Eiskugel, die Hälfte purzelte in ihre Vitrine, doch sie steckte die Waffel wortlos in den Halter auf dem Glastresen. Münzen in der Hand meinte sie dann, ich sei ein Arschloch. Ich hatte mich bereits umgedreht und sah den Wagen draußen auf dem Parkplatz glänzen, silbern, auf den trockenen Betonplatten.

Die Lufthansa-Maschine verschwindet hinter den Bäumen und Fabrikschloten in Nähe der Siemensstadt. Mein Eis geht dem Ende zu und ich möchte lieber eine Zigarette rauchen und schmeiße die Waffel auf die Fahrbahn. Im Radio läuft Albatross von Fleetwood Mac, das der Moderator mit einem Gruß einer Stefanie an ihren Freund Karl versieht, der für eine Klausur büffelt, also höchstwahrscheinlich keinen Sender einschaltet. Hinter mir hupt ein Kerl wie irre – ich fahre auch viel zu langsam, er hat sicherlich Recht. Dann überquere ich das Wasser und sehe die Masten der Jachten, die weiß über den Wellen strahlen. Ohne Bootsführerschein lässt sich in diesem Bereich der Havel nichts mieten. Eigentlich ist meine Zeit auf dem Wasser auch Vergangenheit.

Ich denke an Maxell, dass er sich verändert hat, denke an die alten Zeiten und wie er ohne einen Pfennig Geld ständig neue Kredite bei seiner Bank erhielt vor Jahren. Er war schon damals ein kräftiger Kerl. Ihn konnte nichts umhauen, er wusste Bescheid, er kannte die Schliche dieser Welt und wenn du ein Problem hattest, gingst du zu keinem anderen, du gingst zu Maxell. Die Lücken dieser Stadt waren seine, du konntest ihm nie etwas ausschlagen, selbst ein heller Schlupfwinkel in der grausten Tristesse blieb ihm nicht verborgen und er zeigte dir, wo es langging: „Morgen, warte bis morgen, ein wenig Geduld musst du schon aufbringen. Irgendeine Lösung gibt es immer."

Rosarote Wangen und satte 220 Pfund: Damals schlug er mir nicht mit der Hand auf die Schulter, er bestellte auch keine Drinks für die gesamte Runde. Maxell war es, den ich zuallererst in dieser Stadt kennen lernte, der mir ein Zimmer verschaffte für keine 200 Mark im Monat, der mir Arbeit besorgte und am Monatsende immer ein Bier im Kühlschrank für mich übrig hatte. Als es finanziell bei mir ganz düster wurde, war er mit Geld zur Hand und meinte:

„Gib es mir dann zurück, wenn du kannst."

Maxell zog immer diese Nummer mit seinem Arzt und den privaten Krankenversicherungen ab: Er ließ sich Behandlungen verordnen und Kostenvoranschläge ausstellen, worauf die Versicherungen ihm die Beträge überwiesen. Genau dieses Geld verlebte er anderweitig. Den Namen seines Arztes hat er mir nie verraten. Bis zu den Sommermonaten wuchsen seine Schulden auf sechs- bis siebentausend Mark und die Ärztebank drohte ihm mit dem Gericht. Bevor sie ihm einen Strich durch die Rechnung machen konnten, war er mit einem alten Mercedes in Spanien, verscherbelte ihn dort teuer, nachdem er den Stoff aus dem Kofferraum genommen hatte und ließ sich zwei Monate die Sonne auf den Bauch scheinen. 1995 haben sie ihn in Barcelona verhaftet und er schickte uns eine Postkarte aus dem Knast. Im Oktober war er zurück und studierte weiter, ohne Schulden.

Langsam rauschen die Birken und Weiden im Wind, der über die große Havelbucht zieht. Ich bin noch ein Stückchen gefahren – ich habe Lust aufs Wasser zu blicken. Über kurvige Straßen geht es hinter der Flussbreite hoch in ein besseres Wohngebiet und dann zu einem Aussichtspunkt. Die Schranke an den Parkplätzen dort blieb heute offen. Eine rotblättrige Kirsche steht zu meiner rechten Seite. Man sieht sie meist in Parkanlagen oder Gärten. Ein Baum, der die Nähe zum Wasser nicht liebt, doch er feuert kräftig zwischen den blassen Blättern der anderen Bäume, den Trauerweiden und Robinien mit ihren furchigen Rinden, den Espen, Ebereschen und Birken, all jenen Bäumen mit flachen Wurzeln kaum einen Meter tief im feuchten Erdreich. Ich blicke auf die Flussbreite. Sie wirkt wie die Miniatur eines norwegischen Fjords von dieser Anhöhe betrachtet. Vielleicht sollte ich die Beine weiter von mir strecken, wenn ich auf der Parkbank sitze und die Boote und Surfer, die Angler am anderen Ufer beobachte. Ich nehme einen Schluck aus der Dose Tonic und stelle sie beiseite.

Die Havel läuft entlang des Karlsberges in den Westen. Vor dem Mauerfall war das anders, politisch. Ich müsste Adelheid und Melanie hierhin mitnehmen, Maxell und Heidi, Theodor und Doreen oder Alexander. Wir haben keinen Schimmer von der Kindheit der anderen, ob sie Frösche mit Freunden in Bächen gefangen haben, die vom Westen in den Osten plätscherten oder umgekehrt. Wir reden nicht darüber, ich kenne auch sonst keinen, der das tut. Wir sitzen in Cafés und sprechen über die Schlagzeilen des Tages, nicht über uns. Ich war gerade acht Jahre alt, wir fuhren eine Autobahn durch ein Mittelgebirge, das in eine Ebene mündete. Es war Hochsommer – ich erinnere mich genau, die verbrannten Gräser an den Leitplanken gesehen zu haben, die Mähdrescher auf den

Kornfeldern mit gelben Fontänen, die hoch aus ihren Bäuchen gestoßen wurden und ich zählte die aufgeschlagenen Insekten an der Windschutzscheibe unseres Autos. Ich zählte Bienentode, Wespen- und Hummelsterben, Fliegen rot und schwarzblau und da waren Schmetterlinge, deren Flügel feines graues Pulver in die ausgequetschten Körpersäfte streuten. Wie sie unter der Sonneneinstrahlung auf dem Glas leuchteten, ehe der Fahrtwind die Tiere vertrocknen ließ. Ich erinnere mich an Lutscher der Größe eines Apfels, an Kirschgeschmack und andere Geschmäcker wie Erdbeere. Ein abgeleckter Stiel folgte dem anderen durch den Wind auf den glitzernden Asphalt, wenn meine Mutter vorn zu meinem Vater sah und mich nicht in den Augen hielt. Sie erzählten mir von der Grenze, dem Eisernen Vorhang und wie man die Raketen in unserem Land aufbaute. Ich fragte, ob Raketen schneller flögen, als der Wagen mit uns fuhr und ich sah wieder hinaus auf die Mähdrescher, die das Korn in die Hänger schleuderten – voll toter Heuspinnen, zackig grauen Spinnen mit gut genährten Körpern: Hänger voll gehäckselter Kornblumen und tiefrotem Klatschmohn. Ich spürte den bitteren Geschmack des Zigarettenrauchs meiner Mutter und hielt die Nase nahe an den Luftzug des Fensters, bis meine Stirn kalt war. Sie baten mich still zu sein, als das Land flacher wurde und die Felder an den Rändern der Autobahn verschwanden, die Autos im Schritt nebeneinander rollten und auch die wenigen Bäume an den Feldern weit in den Hintergrund traten, kaum noch grün. Es waren die Polizisten mit ihren kräftigen Gesichtern an der Grenze und die metallenen Waffen, ein Spuk der schnell verklungen war, nachdem meine Eltern die Scheiben wieder hochkurbelten und die Pässe zurück ins Handschuhfach legten. Es war die holprige helle Straße, die Transitstrecke in unsere heimliche Hauptstadt, die Insel im Stillen Ozean des Kommunismus und keine Abzweigung, kein Parkplatz blieb in

Sicht, nur meine Angst, mir in die Hose zu pinkeln, kämen wir nicht endlich an.

„So geht das nicht, junger Mann!"

Ein älterer Herr mit seiner Gattin im Schlepptau tippt mir auf die Schulter und fragt, woher ich das Recht nähme, meinen, diesen silberfarbenen Wagen einfach über das Grün gefahren zu haben und was ich mir einbilde, ihn so selbstverständlich auf dem Spazierweg an der Parkbank stehen zu lassen. Doch ich winke ab. Ich winke noch kräftiger und will nicht sagen, dass er ein Spießer sei, der mich in Ruhe lassen solle. Doch kurz darauf sagt seine Frau seinen Namen und zieht ihn energisch zu sich und ich bin wieder allein. Der Porsche steht unverändert neben mir. Ich sehe wieder auf das Wasser und trinke einen Schluck Tonic. Ich höre ihre Schritte über den geharkten Kies schlürfen. Man geht hier in seiner freien Zeit spazieren, wenn die freie Zeit es erlaubt, außerhalb eines lukrativen Berufs oder später im Alter, gemeinsam mit der Lebenspartnerin oder dem Lebenspartner.

Vor mir liegt der norwegische Fjord. Wie es aussieht, bin ich für den Abend mit niemandem verabredet, besitze keine Information, was die anderen treiben und habe nur den Plan im 103 zu sein, wo man Speed Garage auflegt, eine Musik, zu der ich gerne tanze. Ich sehe kurz auf den Kirschbaum und reiße die Lasche der nächsten Dose Tonic auf, die unmittelbar zu sprudeln beginnt, sodass es mir über die Finger und das Handgelenk läuft, die Elle hinab in den Ärmel.

Alles ist da: Der Wagen ist repariert, das Tonic gekühlt und ich habe wieder Arbeit. Langsam brennt das Zeug an den Nasenwänden und ich strecke die Beine von mir, bis das Tonic zu Ende ist. Ich sollte am Wochenende besser nicht zum Brunch von Theodor und Doreen gehen – meine Haut juckt unentwegt und es wird immer schlimmer.

Vor mir liegt ein Datenbogen. Ich sehe aus dem Bürofenster und dann zu Jana. Jana trägt ein Headset und nimmt einen Kunden über die Hotline an, berät ihn, kokettiert – sie hat die Sache schon nach zwei Minuten im Kasten, ich kann es ihrer Mimik ansehen. Jede persönliche Randbemerkung ist kalte Professionalität. Auch Jana ist eine andere, sobald sie ihr Mikro einschaltet.

Eigentlich will ich zurück in die Werbung. Ich sollte härter an meinen Ideen arbeiten – zum Beispiel ein Konzept für Emporio-Eis entwickeln, mit der Kokosraspel-Fee auf einer riesigen Eiskugel im Schneidersitz, Erdbeere oder Kirsche. Eine kräftige Farbe sollte dem Eis guten Ausdruck verleihen und die Kleine würde lächeln und uns eine von Emporios größten Waffeln entgegenhalten. Wir sähen für eine Weile auf diese Prinzessin und läsen „Emporios kühle Kugeln" über ihrem Kopf.

Heitmann, unser Chef, kommt in den Raum, dreht einen Bürostuhl und verschränkt seine Arme auf der Lehne:

„Wir könnten Sie heute Abend gebrauchen."

Sein Tonfall ist ruhig. Er hat einen neuen Anzug.

„Ich bin zum Essen eingeladen, es tut mir leid", entgegne ich.

Er nickt verständnisvoll:

„Dann sehen wir uns Montag."

Dabei wartet er für eine Sekunde, als gäbe er mir noch eine Chance. Doch ich schweige.

„Hören Sie!", sagt er: „Es könnte sein, dass Sie mich am Montag kurz vertreten müssen." Er müsse tagsüber nach Düsseldorf.

Ich stimme ihm zu, bin mit den Augen aber zurück auf dem Datenbogen, an dem mich irgendetwas irritiert.

„Na, dann machen Sie mal! Wenn's so weit ist, melde ich mich bei Ihnen", sagt er und verlässt den Raum.

Meine Augen wandern über die Angaben zum jährlichen Bruttoeinkommen, Wohnsitz, Geburtsdatum, Kinderanzahl, Bonität, geplatzte Kredite – es sind Maxells Daten. Meine Zungenspitze rutscht über die Zahnlücken, ich wische mir über die Stirn, blicke mich um und versuche so zu tun, als sei es irgendein beliebiger Kunde. Auf dem Datenbogen steht Janas Kürzel, sie muss Maxell bereits angerufen haben, vermutlich während meiner Pause vorhin. Es gibt also einen Telefonmitschnitt, der bei Heitmann in den Tresor gelegt wird. Das macht die Sache komplizierter. Ich lege das Blatt zur Seite, zurück in die Ablage für unerledigte Kunden.

Eine Stunde später liegt der Bogen wieder vor mir. Die Zahlen können nie und nimmer stimmen. Träfe das zu, was ich mittlerweile dreißig Mal gelesen habe, wäre Maxell einer unserer lukrativsten Kunden. Ich denke nach, welcher Makler für ihn zuständig sein wird, wie ich mehr herausfinde über die Sache und wie ich erfahre, wodurch Maxell an diese astronomische Summe Geld gelangt sein will. Seit Mittwoch fährt er einen großen Volvo und verliert kein Wort, auch nicht darüber, dass der Wagen ein Schweizer Kennzeichen trägt. Vielleicht hätte ich den Datenbogen besser übersehen, vielleicht sollte ich ihn zerreißen. Und draußen geht die Sonne unter, die Neonlichter dringen intensiver durch die warme Luft. Über die Fenster dringen Abgase in den Raum und Jana raucht eine Zigarette, lenkt einen neuen Kunden auf ihre Fährte. Sie soll ihre Männer ziemlich häufig wechseln, heißt es im Büro. Sie deutet mir, der Kunde rufe aus dem Wagen an, A2 in Richtung Hannover. Auch das Phantom war heute bereits in der Leitung und verlangte, Jana solle es ihm am Telefon besorgen. 69 Prozent unserer Kunden sind Männer. Die Zahl erinnert mich an Maxell und meine Werbeidee für seinen Autohandel: Maxell und Heidi an einem japanischen Viertürer und über beiden groß: B96A.

Ich brauche einen Plan – Maxells Datenbogen glänzt in der Sonne. Dass Heitmann Montag früh nach Düsseldorf fliegt, bringt mir Zeit. Ich muss an seinen Tresor, das Band mit Maxells Telefonat zerstören und alle Datenbankeinträge zu Maxell löschen. Wenn ich den Datenbogen anschließend in den Reißwolf werfe, könnte ich Maxell vor Schlimmerem bewahren. Vor den Öffnungsklauseln im Kleingedruckten unserer Verträge, über die niemals gesprochen wird im Büro und von denen doch jeder bei uns weiß. Oder ich brauche von der Schufa oder vom Gericht einen Beleg, der Maxells Bonität in Zweifel zieht. Dann könnte ich das Kreuz in einer anderen Spalte des Datenbogens setzen und jemand anders nähme Maxells Platz als Kunde ein.

Ich verabschiede mich von Jana, gebe ihr einen Kuss auf die Wange, während die Bonität des Kunden von der A2 auf dem Bildschirm erscheint. Sie ist Gold wert für den Makler und erhöht den Preis des Datenbogens um gut dreißig Prozent. Heitmann liebt komplettierte Bögen.

„Bin nachher im Subground", sagt Jana, während sie eine Hand vor das Mikro hält. Sie hat sehr schöne dunkle Augen, sie betrachtet meine silbergrauen Haare, doch ich winke ab.

„Ein anderes Mal", sage ich und gehe in die Toilette und stelle mich vor den Spiegel.

Ich nehme den Lift und blicke auch dort in den Spiegel. Dreißig Sekunden Zeit. Ich schüttle mich kurz danach, stecke meine Karte ins Portemonnaie zurück und mir laufen die Tränen. Ich wische sie mit dem Taschentuch fort, krame nach den Zigaretten und mein Pulsschlag bebt – ich zupfe an meinem Hemdkragen.

In der vorletzten Etage nach unten steigt eine Frau Anfang dreißig zu. Ihr Kostüm aus Tweed und ihre Hornbrille lassen sie älter erscheinen. Sie steht stocksteif und ihre Augen mustern mich. Der Lift bewegt sich wieder nach oben, keine Ahnung warum. Ich habe Pupillen groß wie Heidelbeeren und meine Hände zittern. Ich habe blaue Augen. Mein Portemonnaie drückt am Hintern, während ich mich an die Fahrstuhlwand lehne. In meinem Jackett würde es weniger stören.

„Wissen Sie, warum der Lift nach oben fährt?", frage ich die Frau. „Ich komme gerade von dort."

Sie zuckt mit den Achseln, betrachtet meine schwarzen Lederschuhe, einfache Schuhe mit abgerundeten Spitzen von Belmondo. Nur meine Hemden tausche ich allmählich gegen bessere aus, denn das erste Gehalt wurde vorgestern gebucht. Ich habe einen Teil davon verwendet, einen Anzug auf dem Ku'damm zu kaufen. Da fallen mir die weißen Pulverreste auf meinen Schuhen in die Augen.

„Sind Sie ganz sicher mit dem Lift, junger Mann?"

Sie lächelt überlegen – ich könnte sie erwürgen. Sie deutet mit ihren Augen, das Zeug auf meiner Schuhspitze gesehen zu haben. Drei, vier Jahre liegen zwischen uns und dennoch könnte sie meine Großmutter sein. Der Lift stoppt, sie ist draußen, die Türen schließen sich – es bleiben mir weitere dreißig Sekunden.

Adelheids Bruder ist auf dem Weg der Besserung. Er geht viel spazieren – gestern hat sie ihn besucht. Wir sind bei ihr im Laden, sie hat bereits geschlossen und macht die Kasse. Ich lese ein Buch, sitze in der Ecke und trinke ein Glas Sekt. Der Laden läuft gut, ich vermute ihr Kundenstamm wächst und rekrutiert sich aus der Mittelschicht über dreißig. Die Kinder dieser Leute sind den ganzen Tag in einer Kita, während ihre Eltern bis zum Abend in Vorstandsetagen arbeiten. Sie zahlen per Karte bei Adelheid und erkundigen sich nach dem Verbleib des Vorbesitzers, der ständig betrunken war. Deswegen habe man den Laden nie betreten, es beim Schaufensterbummel von draußen aber beobachten können: Er schwankte hinter der Kasse wie eine Palme im Wind.

Ich nippe am Sekt und habe die Zeile verloren. Lesen macht im Prinzip klüger, hat mal ein deutscher Schriftsteller gesagt. Dieser Roman in meiner Hand erzählt von der neuen Tango-Welle in Berlin. Mich erinnert das an meine ersten Abende mit Adelheid im Roten Salon. Sie tanze nicht mit Anfängern, erklärte Maxell mir und nannte ihren Namen, während ich auf das Parkett sah. Sie trug einen schwarzen Einteiler und ließ sich von einem Typen mit Pomade im Haar führen. Als sie an die Bar kam und Maxell uns vorstellte, reichte sie mir ihre Hand, als laste meine Zukunft darauf. Wir haben kaum gesprochen in den ersten Stunden und sind plötzlich einfach fort und liefen durch die Hinterhöfe. Es regnete und ihre Haare fingen an zu glänzen. Am nächsten Morgen ließ sie ihre Füße aus dem Fenster meiner Wohnung baumeln und warf Kassetten auf die Straße, die ihr nicht gefielen.

Adelheid schiebt die Kassenlade mit einem tiefen Seufzer zu. Im Raum liegt ein Hauch Vanille, schwer und süß.

„Lass uns fahren!", sagt sie.

„Holen wir die anderen ab?"

„Meinetwegen", sagt sie. „Was ist mit Theodor und Doreen?"

„Sie gehen heute Abend nicht mehr raus, sie wollen den Brunch vorbereiten. Wir holen erst mal Melanie ab, die passt auf den Mittelsitz. Und bei Maxell sehen wir weiter."

„Wir nehmen den Benz", ruft Maxell aus dem Büro nach draußen. Auch dieser Wagen hat ein Schweizer Kennzeichen: ein jagdgrünes Cabrio aus den 80ern mit hellen Ledersitzen. Das Verdeck ist zurückgeklappt und auf dem Notsitz liegt ein großes Paket. Maxell kommt raus, schließt den Laden und fragt, ob ich das Geschenk schon geöffnet hätte.

„Das Paket auf der Rückbank?", frage ich und gehe mit Maxell zum Mercedes. „Warum nehmen wir nicht den Volvo?"

„Ich will den Benz wenigstens einmal gefahren haben. Morgen geht er über den Ladentisch."

Die Frauen stehen an meinem VW-Porsche und ich gehe zu ihnen und frage, wer ihn fahre möchte. Melanie nimmt sich den Schlüssel.

„Wir fahren die 100, und dann die AVUS", ruft Maxell, startet den Mercedes und rollt langsam zu uns rüber. „Komm', steig' ein und nimm' das Paket nach vorne. Die Frauen fahren deinen Porsche!"

Am Horizont ist ein flüchtiger Streifen Grün zu sehen, über ihm die ersten Sterne.

Eine Armee von Pendlern mit ihren Dienstlimousinen umringt uns auf der Stadtautobahn. Wir wollen nachher ins 103 gehen. Hinter den getönten Scheiben der Firmenwagen laufen vermutlich Radiosender mit Bach und Händel. Im Porsche neben uns tritt Melanie aufs Gas und Adelheid wechselt ständig die Sender. Arbeitsteiliges Verhalten – ich sei ein Teamplayer, habe ich Heitmann im Bewerbungsgespräch angelogen. Zumindest jetzt trifft es zu: Ich brösle den Superskunk auf den Tabak und Maxell lenkt. Das abendliche Grün vor uns im Westen wird intensiver.

„Sieh' dir mal den Typen an!", ruft Maxell. „Ein Hut mit Gamsbart. In der grünen Karre da, Mensch, sieh' hin! Und die Alte daneben, die fischt sich die Klorolle von der Hutablage, die hat's schon in der Hose sitzen."

Maxell zeigt mit dem Finger auf ein Seniorenpaar in einem Opel Vectra. Der alte Mann sitzt mit der Brust am Lenkrad und schiebt sein Kinn noch darüber hinaus.

„Dynamisch sieht das nicht aus", sage ich und rolle den Joint zu Ende.

„Fahr langsamer!", schreit Maxell zu Melanie hinüber.

Sie scheint keine Lust auf Diskussionen zu haben und geht vom Gas. Maxell nutzt die Lücke und zieht von der Überholspur hinter den Opel, er bekommt leuchtende Augen und ehe ich sein Manöver verstehe, rauscht er auf den Standstreifen, gibt Vollgas und wir sind an der Beifahrerseite neben dem Opel: Eine Hand am Lenkrad beugt er sich hinaus und fingert in Richtung der alten Dame, als wolle er ihr die Klorolle entreißen.

Das alte RIAS-Gebäude steht rechts im Abendlicht wie eine verlassene Kaserne. Nachdem wir den Innsbrucker Platz durch Tunnel hinter uns lassen, folgt der Bundesplatz, an dem ich monatelang aus der S-Bahn gestiegen bin, um eine Therapeutin aufzusuchen. Angelogen habe ich sie nie: Ich wollte die Ursachen meiner Blockade finden und ging regelmäßig hin. Aber wenn ich danach ihr Haus verließ, hatte ich das Gefühl, erst recht krank zu sein zwischen all den Menschen in der S-Bahn. Ich habe mir darauf den Porsche zugelegt, in dem maximal drei Leute sitzen können.

Wir sind inzwischen Richtung Wannsee abgebogen, wollen einen großen Bogen um die Havel fahren. Das Rentnerpärchen im Opel ist verschwunden und die Nacht steigt hinter uns im Osten über die Bäume. Der Verkehr nimmt ab und ich will mit Maxell über den Abend sprechen. Nicht weit entfernt vom Tresor werden heute die Festwochen in der Philharmonie eröffnet, aber wir reden vom 103, vom Speed Garage, den man dort auflegt und dass die Bezeichnung nicht zum Stil der Musik passt.

„Warum ist dieses dumme Handschuhfach immer verschlossen?",
ruft Adelheid aus dem Porsche und weshalb wir die ganze Zeit kiffen und
kein Wort sagen würden. Maxell lacht ziemlich dreckig, steht auf und lässt
sich den Fahrtwind am Lenkrad ins Gesicht brausen. Die Klorolle hat er
nicht bekommen.

„Dieses Handschuhfach ist echt dämlich", ruft Adelheid.

Ich sehe, wie die Frauen daran fuchteln und beginne mein
nagelneues Teleskop auf das Dreibein zu setzen. Ich fahre es ungeschickt
aus, denn Maxell beschleunigt immer zwischendurch und bremst abrupt,
bis wir zurück neben den Frauen sind.

„Mensch du Nulpe, dir fliegt das Ding noch aus dem Wagen", sagt
er.

Er sitzt inzwischen wieder, beugt sich zu mir:

„Hab' ich dir schon was vom Zeug des Kolumbianers gegeben?"

Doch ich konzentriere mich auf das Teleskop, weil ich es sofort
testen will, obwohl das Unsinn ist, im fahrenden Auto bei unruhiger Straße.
Doch mit jedem Meter aus der Stadt sind die Sterne deutlicher zu sehen
und sie funkeln wie Goldstaub über dem Grunewald.

„Mensch, sag' ich doch!", meint Maxell.

„Was denn?", frage ich, klemme das Teleskop auf dem Stativ fest
und richte es in den Himmel.

„Das mit dir und den Sternen. Kriegst du das gar nicht mit?"

„Was?"

„Wenn du selber mit dir redest!"

Mich erinnert das an den Abend im Sage Club, als mich irgendwas
Fuß denken und sagen ließ oder Zunge. Es erinnert mich, wie Adelheid
und ich am Schlachtensee in der Sonne lagen, während unsere vom grünen
Wasser durchtränkten Hosen und Hemden über einem morschen Zaun
im Wind trockneten und ich mit dem Kopf auf ihrem Bauch einschlief.

Vielleicht träume ich zu viel in der Gegend herum, aber meine Haut spannt sich wieder, sie beginnt heftig zu jucken und ich kann sehen, wie die Frauen nebenan im Porsche immer kräftiger am Handschuhfach zerren und dabei gackern:

„Schluss, schluss!", schreie ich sie an. „Es bleibt zu!"

Und alles ist still.

Das Dreibein findet Halt, ich blicke bereits eine Weile zum Himmel, in flimmernde Sternbilder und einen schwachen, abnehmenden Mond.

„Brücke", ruft Maxell neben mir und für Momente bleibt die Sicht durch das Okular versperrt. Wir unterfahren die Brücke und dann die nächste – eine Sekunde vorher höre ich jeweils Maxells lautstarke Ankündigung. Seine Stimme klingt vulgär, auch sein rauer Atem und das stetige Räuspern. Maxells Schlachtrufe sind trunken. Ich starre durch das Okular in die Sterne, doch ich sehe Maxells Namen in Druckbuchstaben auf dem Datenbogen vor Augen, oben links.

„Mach' doch endlich mal die Dudelei weg und 'nen andren Sender dran", ruft er den Frauen im Porsche zu und lallt: „Nicht, dass das morgen auch so wird."

„Halt mal die Luft an!", ruft Adelheid.

Doch er bemerkt es scheinbar nicht. Ich kann hören, wie er sich eine Linie Koks einfährt – noch immer blicke ich durch das Teleskop in die Sterne und der Mercedes liegt ruhig auf der Straße.

„Ihr könnt mich mal", ruft er. „Ich kauf' euch 'ne Band und dann ist Schluss mit dieser Dudelei. Ich kauf' die ganzen Musiker für eure Scheißmusik und sie werden spielen, was ich sage."

Ich hänge irgendwo zwischen Cassiopeia und Schwan in der Milchstraße. Ihre blassen Schwaden sind kaum unter den Streulichtern der Stadt zu erkennen. Allmählich rollen wir von der Schleife um die Havel zurück ins Zentrum auf dem Weg zum 103. Ich schenke Maxell kein Gehör und versuche am Rande des Horizonts den hellsten Stern im

Fuhrmann zu entdecken: Capella. Eigentlich besteht Capella aus vier Sternen, zwei davon sind gelbe Riesen, die zehn Mal größer sind als unsere Sonne. Das meiste ihrer Zeit hat Capella schon um und stößt momentan so viel Energie aus wie nie zuvor und niemals wieder. Sie ist kurz davor, sich zum roten Riesen aufzublähen und in einer Supernova zu vergehen – in einigen Millionen Jahren. Danach fällt sie tot in sich zusammen, verglüht zu einem weißen Zwerg. Vorher wird sie noch alle Planeten hinwegraffen, die sie früher mit Energie versorgte. Aber Capella ist nicht zu finden, selbst wenn die Straße höher liegt als die Umgebung und ich den Horizont gut sehe. Außerdem wird das Licht vom Messegelände immer heller und Maxell schreit wieder:

„Brücke."

Ich rieche den Duft von schwerem Tabak. Mir jucken die Unterarme, ich muss mich ständig kratzen. Mittlerweile spannt sich die Haut sogar an den Schienbeinen. Zuerst dachte ich, es sei ein Sonnenbrand. Aber Creme half nicht weiter. Immer, wenn mein Puls ansteigt und ich die Adern am Hals sehen kann, spannt sich auch die Haut an den Beinen und Armen. Manchmal wird es mir fast zu eng – auch weitere Knöpfe am Hemd zu lösen, bringt keine Erleichterung. Vorgestern hatte ich zwei Kilo mehr auf der Waage und beim Blick in den Spiegel wirkte es fast, als sei ich zwei Zentimeter gewachsen, wodurch meine Haarspitzen aus dem Spiegelbild rutschten.

Adelheid und Melanie hantieren drüben im Porsche erneut an meinem Handschuhfach. Zur Sicherheit greife ich in meine rechte Hosentasche: Der Schlüssel ist noch da. Die Frauen flüstern und drehen die Musik lauter – ich habe mir eine weitere CD der beiden Diskjockeys aus London zugelegt. Doch wenn du in die Sterne blickst, vergisst du das Drumherum. Die Wega steht seelenruhig da, keine Handbreit von der Milchstraße entfernt, die im Licht der Großstadt untergeht. Ich kann

Maxell neben mir spüren, wie er sich lässig im Sitz räkelt, an der Zigarre zieht und schwer atmet: Seine Wangen sind rot wie der Hals gefärbt, das Gesicht aufgedunsen und die Augen blutig unterlaufen. Er hält ein Taschentuch in der freien Hand und führt es ab und an unter die Nase.

Sein Datenbogen wird nach dem Wochenende an die Zentrale in Düsseldorf und von dort an einen unserer Fachleute übermittelt, einen Mann in farblosem Anzug mit fruchtig bunter Krawatte, die ihn jugendlicher, frischer und einen Hauch gewagter erscheinen lässt. Objekte werden Maxell angeboten, nachdem ein Finanzplan erstellt ist und er wird dem farblosen Herrn zustimmen und Gelder transferieren, die unmöglich ihm gehören können – ein Schatten huscht über das Okular:

„Brücke", ruft Maxell wieder und der Qualm seiner Zigarre weht durch den Mercedes. Ich wollte mich vergewissern, mich mit ihm bereden, ich habe Maxell angerufen gestern Abend. Wie eine verzweifelte Ehefrau, doch er winkte ab, er wollte nicht sprechen.

„Kommt schon, ein bisschen mehr Gas die Damen!", ruft er. „Wir brauchen ja 'ne Ewigkeit zum 103." Er rückt vor und zurück auf dem Polster: „Hier, nimm' mal was von mir, das bringt dich auf Trab."

Ich blicke ihn an, dann zum Porsche und erkenne, dass Adelheid uns zuschaut, während er mir das Zeug hinhält.

„Lass ihn endlich mit dem Scheißzeug in Ruhe, Maxell! Einer, der noch tiefer in der Scheiße hängt als du, das ist alles, was du brauchst."

„Brücke!", schreit er und lacht wieder dreckig.

„Und lass endlich die Brüllerei!", schreit Adelheid.

„Brücke! Brücke!"

Er wiederholt es andauernd, obwohl keine Brücke mehr zu sehen ist.

„Der ist völlig zugeknallt", ruft sie und lässt sich in den Sitz zurückfallen.

Ich krame in meinem Portemonnaie, doch Maxell hält seine Hand drauf, ich solle es gut sein lassen. Ich richte meinen Blick wieder auf die Sternbilder, auf die strahlende Wega und weiß nicht, wo die alten Tage hingezogen sind. Alles verändert sich, spätestens seit dieser Datenbogen vor mir liegt. Die Sterne verschwinden mittlerweile hinter dem Licht der Stadt. Ich lausche den Geräuschen von Sommer, Fahrtwind und Zigarrenduft, dem Knacksen des Handschuhfachs – bald schon werden wir an die Spreebrücke der Friedrichstraße gelangen. Dort in einer weißen Baracke mit der Hausnummer 103 spielen sie den Speed Garage und wir werden tanzen, bis uns die Füße schwellen.

Wir fahren jetzt sehr nahe nebeneinander und Adelheid behauptet, ich besäße einen Schlüssel zum Handschuhfach, womit sie richtig liegt. Und Melanie hält ihre Handfläche zu unserem Wagen rüber, doch ich winke ab. Vorsichtig nehme ich das Teleskop vom Dreibein.

Wir stehen am Einlass, der Türsteher tastet einen nach dem anderen ab. Er ist klein und hat die Figur eines Kunstturners. Maxell darf nicht rein. Der Mann geht nicht auf seine Worte ein und deutet ihm, er solle zur Seite treten.

„Was soll der Quatsch?", sagt Maxell. „Falls du unter meinem Hemd 'ne 38er vermutest, kann ich dir sagen: Das ist nur Fett, sonst nichts."

Maxell bäumt sich vor dem Kunstturner auf. Inzwischen reden auch die Frauen auf ihn ein. Doch im Grunde ist klar, worum es geht. Maxell greift in die Hosentasche, zieht einen Schein hervor und drückt dem Mann das Geld in die Hand, worauf der einen Schritt zurücktritt, die Arme verschränkt und stoisch ins Nichts blickt.

Maxell geht rein und verschwindet sofort auf die Toilette, die Frauen gehen zur Tanzfläche – ich sehe mir die gedämpfte Beleuchtung an, die orange unter einem Deckensims schimmert, der sich einmal um den Raum legt. Die Atmosphäre ist warm und durch das Tanzen geprägt. An den Rändern stehen die Wartenden oder Ausruhenden, die einen Drink nehmen oder rauchen, aber niemals reden. Der Diskjockey bringt Animationen über das Mikro und grinst und wippt hinter den Plattentellern. Dabei drückt er hier und da eine Taste, die Signaltöne hervorrufen: Sirenen, Schwelltöne oder Geräusche wie von Rasseln. Er ist Jamaikaner, ein Dub-Mensch. Vom ursprünglichen Speed Garage bleibt keine Spur, doch das Publikum applaudiert zu all seinen Albereien: Es gehört dazu und manche nennen es die nötige Kommunikation, eine Verbindung, aber ich kann nichts dabei finden, außer einer lauen Plätscherei. Man hat sich nicht wirklich etwas zu sagen und keiner wird später auf ihn zugehen, ihm für eine gelungene Vorstellung gratulieren, ihn auf ein Bier einladen oder fragen:

„Wann sehen wir dich wieder?"

Solange er auflegt, wird eine Dame mit Flair oder ein Mann im weißen Hemd ihm zunicken, einmal lächeln und ihm zugewandt in einer perfiden Kollegialität die Hände zum Klatschen erheben mit den anderen, die am Rande stehen. Man applaudiert am Ende nur sich selbst in dieser stimmigen Atmosphäre – wir sind zur rechten Zeit am rechten Ort und wenn die Musik endet, gehen wir beschwingt nach Hause oder einem neuen Domizil entgegen, ohne Dank.

Dann ändert er sein Programm, legt einen Titel auf den Plattenteller, der sich nicht für alberne Einwürfe eignet: Unfinished Sympathy von Massive Attack. Er lehnt sich mit verschränkten Armen zurück, überlässt die Tanzenden ihrer Tanzfläche – ich gehe an die Bar.

„Einen Jameson, bitte! Doppelt!"

Bei jedem Besuch im 103 überlege ich, was sich hinter der Theke und ihren Regalen befindet. Eigentlich dürfte ich nichts trinken. Es scheint, als habe man ein immenses Bild hinter die zahllosen Flaschen gehängt, das einen milchig blauen Raum in der Ferne mit Sofas und Menschen vortäuscht. Doch jedes Mal komme ich zur gleichen Erkenntnis: Es liegt tatsächlich ein Raum mit ausgedienten Sofas und blauen Wänden hinter den Schnapsregalen, der so unwirklich scheint wie alles, was sich hier im 103 ereignet.

Ich habe eine brauchbare Methode entwickelt, nicht ständig auf die Toilette rennen zu müssen: die Sommergrippe. Ich streue etwas von dem Zeug in mein Stofftaschentuch – ein Stofftaschentuch braucht man niemandem zu borgen. Ich falte es dreifach, um nichts zu verlieren und schnäuze mir überall und nirgendwo die Nase. Aber heute kenne ich die Menge im Taschentuch nicht: Am Parkplatz ging es hektisch zu. Und die Atmosphäre des indirekten Lichts wird wärmer, der jamaikanische Diskjockey kehrt an die Plattenteller zurück und nun folgen die leichten Breakbeats und Stakkatobässe, die den Speed Garage auszeichnen. Über allem schweben weiche Stimmfetzen und positive Harmonien und ich zahle meinen Whiskey, der mich verlässlich an den Rand der Tanzfläche begleiten wird.

Maxell kommt schlingernd von der Toilette zurück. Ich erzähle ihm von den Entwürfen für seinen Autohandel, male ihm die Zweiteilung der Grafik aus mit den Buchstaben B und A, der 96 dazwischen, mit ihm und Heidi und dem Kind.

„Sicher, Sicher", entgegnet er und führt ein Taschentuch unter die Nase, die jetzt wieder blutet. Sein Kopf ist abgewandt, doch ich sage, wir müssten über den Preis sprechen, es wäre viel Aufwand.

„Sicher, Sicher. Wir machen das zusammen. Glänzende Idee!", meint er und klopft mir auf den Rücken.

Ich muss an den Datenbogen denken und nippe am Whiskey-Glas: Wir sehen auf die Tanzfläche und ich suche die Frauen.

„Ich geh' mal tanzen", sage ich, weil nichts passiert und mein Getränk zur Neige geht und Maxell inzwischen wie eine Säule erstarrt wirkt. Ich zeige kurz in Richtung der Leute und mache mich auf den Weg zu Melanie und Adelheid: Meine neuen Schuhe sitzen gut über dem Spann, ihr knöchelhoher Schaft gibt Stabilität: Es wird nichts schieflaufen. Entgegen meiner Gewohnheit trage ich an diesem Abend eine lockere Hose und darüber eines der neuen Hemden. An der Hüfte fallen sie enger aus.

Drüben sehe ich die Frauen und das Stück neigt sich dem Ende zu. Ich bleibe am Rand der Tanzfläche, die Gruppen formieren sich neu und allmählich komme ich in Fahrt: Anfangs waren die Bewegungen unsicher, die Oberschenkel gespannt, doch mit jeder Minute geht es runder und selbst der kleinste Muskelstrang sitzt bald am rechtem Ort. Der Schalldruck schlägt dich mit den Rhythmen hin und her, auch wenn du immer auf der Stelle bleibst. Im Alltag finden wir nicht, was uns hier tanzen lässt. Auf der Suche sind wir alle.

Adelheid tanzt neben mir und unsere Unterarme streifen sich. Auch Melanie kommt dazu, während das Stück endet. Es folgt ein angenehmer Rhythmus und wir rufen uns etwas über den Jamaikaner zu – wie er sein Programm der Stimmung des Publikums anpasst, wie er sich mit den Plattentellern beschäftigt und dann immer wieder zurücklehnt für eine Zeit. Und dann sagt Melanie ein paar lustige Dinge und wir lachen, machen unsinnige Bewegungen im Tanz und all das, was man tun kann in der Freiheit eines Abends, während der Freundeskreis zwei Kinder erwartet. Wir haben kurz über Doreen und ihre Schwangerschaft geredet und ich zeichne mit den Händen große Bäuche beim Tanzen und wir lächeln. Ihr leeres Zimmer zum Friedhof wird bald ganz lebendig sein. Und die Frauen fragen mich, ob keine Bilder an den Wänden hingen oder

Ähnliches. Ich schüttle den Kopf und tue so, als hämmere ich einen Nagel in die Wand und hinge ein Bild daran auf.

„Wir sollten Geschenke besorgen, Bilder, Comicfiguren", rufe ich, „Mobiles für die Fenster und Stofftiere."

„Morgen sind die Geschäfte geschlossen."

„Aber du hast im Laden doch Klamotten für Babys, rosa oder hellblau, du weißt schon."

„Nicht viel."

„Besser als nichts. Wir legen zusammen."

Die Frauen sehen sich für einen Moment in die Augen.

„Bist du sicher, dass sie schwanger ist?", fragt Melanie.

Überzeugt bin ich schon, alles deutet darauf hin und so nicke ich den beiden zu und tanze weiter.

Der DJ lehnt sich erneut zurück und ich verlasse die Frauen. Maxell steht unverändert am Rand der Tanzfläche und starrt auf immer den gleichen Punkt – irgendwo in sich hinein. Ich bringe ihm ein Bier von der Theke und proste ihm zu. Unsere Gläser klingen, doch in die Augen sieht er mir nicht. Er wirkt total zugedröhnt.

„Was machen wir eigentlich mit den Autos heute Nacht", frage ich.

„Wir lassen sie stehen."

Er gibt mir den Schlüssel des Mercedes und meint, ich könne morgen doch beide Autos mit Adelheid zum Brunch bringen.

„Was ist mit der Versicherung?", frage ich. „Wenn der Wagen außerhalb der Firma geklaut wird?"

„Glaubst du im Ernst, ich hab' genug Geld, um die Kisten zu versichern?"

Peter steht neben mir und hält einen Stapel Kinderwäsche auf dem Arm, den er ein ums andere Exemplar nach Größe und Aussehen durchsucht. Die Nacht war lang, sage ich zu ihm und spüre meine Müdigkeit. Adelheid meint, Peter brauche einen Tag Ruhe von der ernsten Lernerei für das Diplom, ein Brunch wie das bei Doreen käme gerade recht. Ich nehme ein Kaugummi, mein Atem ist nicht der frischeste. Von der Straße strömt Hitze in den Laden und Peter riecht nach Parfüm und Duschgel – beides stammt von Adelheid, ich kenne ihren Duft.

„Nehmen wir das da?", frage ich.

„Das kleine mit den Blümchen ist viel besser", meint Adelheid und Peter legt den Stapel beiseite, nimmt das Geblümte und legt es auf den Ladentisch zu den anderen Sachen, die wir bereits ausgesucht haben: Für ein Mädchen und für einen Jungen, Frieda oder Karl, Luise oder Bert, wir wissen es ja nicht. Adelheid holt einen Bogen Geschenkpapier, verpackt die Kinderkleider und bindet eine Schleife drum.

„So, dann hätten wir alles", sagt sie, nimmt den Ladenschlüssel und wir gehen nach draußen. In den 20ern hatte das Viertel einen schlechten Ruf: In der Mulackei gab sich die Unterwelt die Hand. Heute ist das anders, immer teurere Geschäfte machen hier auf. Ich habe meine Meinung deshalb geändert: Wenn Adelheid den Laden hält und ihre Ware aufpoliert, könnte er die neue Existenz für sie werden.

„Fährst Du den Benz?", frage ich Peter und er hält den Schlüssel in die Luft und geht mit Adelheid rüber zu Maxells Wagen. Eigentlich soll das Auto heute verkauft werden, wenn ich Maxells Worten glauben darf. Es ist gegen Mittag und ich habe meine Zweifel, ob er beim Brunch von

Theodor und Doreen auftauchen wird. Gestern Nacht war er plötzlich wie vom Erdboden verschluckt. Vielleicht hat er die Nacht am Ufer der Spree zugebracht mit Blick auf die Lichter der Stadt, wie ich das manchmal mache. Vielleicht ist er mit dem Taxi nach Hause zu Heidi und dem Kind, das in ihr wächst. Niemand fragt, warum er ohne Verabschiedung verschwunden ist. Der Tag wird vergehen und am Abend – den Magen voller Kaninchenleber und Haifischfilet – wird irgendwer die Frage stellen, warum er nicht gekommen sei.

Ich setze mich ans Steuer meines VW-Porsche, öffne Melanie die Beifahrertür und betätige die Zündung.

„Haben wir alles?", will sie wissen.

Wir rollen auf die Straße und sind schon vor und hinter gelben Trams und ich habe Mühe, dass der Wagen auf den Gleisen nicht zur Seite ausbricht. Eine Straßenbahnglocke schrillt vor einem Radfahrer, der ihr nur um Haaresbreite entwischt. Ich suche einen neuen Sender im Radio und sehe dann, wie der Mann auf dem Rad zwischen die Schienen gerät und zu Boden stürzt. Für einen Moment bleibt er liegen und ich erwäge zu bremsen und ihm zu helfen, aber hinter uns fahren Peter und Adelheid mit dem jagdgrünen Cabrio, das heute verkauft werden soll und ich habe Angst, sie könnten mir auf das Heck rauschen. Der Mann steht auf und betrachtet sein Fahrrad. Er schiebt es langsam zur Seite und die Bahn rollt wieder an. Melanie ruft dem Radfahrer nach, wie es ihm ginge, doch wir sind schon an ihm vorüber, erreichen das Schienenkreuz an den Hackeschen Höfen und passieren die Aktionsgalerie. Im Rückspiegel sehe ich, wie eng Adelheid und Peter im Benz nebeneinander sitzen – er hat den Arm um sie gelegt und sie lachen miteinander. Ihre Worte kann ich nicht verstehen.

Wir schlängeln uns durch das Viertel, die Sonne bricht sich an der Kuppel des Fernsehturms. Der Beton an der Westseite ist noch feucht vom Nachtregen: In ein paar Stunden wird er trocken sein und nichts erinnert an die satten Regentropfen. Sie reparieren die rotweiße Spitze in diesen Tagen und setzen drei Meter oben drauf. 30, 40 Meter darunter hängen Fangnetze. In der Kuppel befindet sich das famose Telecafé. Es dreht sich stündlich um das Turminnere: Mal isst du deinen Kuchen mit Blick auf den Westteil der Stadt, mal siehst du gen Osten.

Wir fahren über die Spree: Ein Schwarm Möwen steigt von der Wasseroberfläche auf. Ich stecke mir eine Zigarette an und blinzle durch die Sonnenbrille zu Melanie hinüber, die ausnahmsweise mal schweigt.

„Warst du schon mal oben?", frage ich. „Im Café auf dem Turm?"

„Na, klar", sagt sie.

„Glaubst du etwa nicht, dass sie schwanger ist?", frage ich. „Oder stimmen die Klamotten nicht, die wir mitgenommen haben?"

Melanie schlägt das rechte Bein über das linke und blickt aus dem Wagen. Im Rückspiegel sehe ich, wie Adelheid Peter auf die Wange küsst. Ihr Gesicht kann ich nicht erkennen, weil ihre Haare wild im Fahrtwind flattern. Melanie hält ihren Taschenspiegel vor das Gesicht und betrachtet sich. Vielleicht aber beobachtet sie die beiden hinter uns im Mercedes und schweigt deshalb.

Wir fahren in die andere Richtung und die Sonne fällt direkt auf die Frontscheibe. Man kann Wischränder erkennen. Sie können das jetzt einfach nicht tun: sich da hinten in Maxells Auto küssen. Doch Adelheid streicht Peter über die Wange und fasst seinen Nacken und Melanie sieht unverändert in ihren Taschenspiegel – ich muss an die Wischränder auf meiner Scheibe denken, an den Punk mit den Ringen im Gesicht, dem ich eine Mark für das Putzen gegeben habe und plötzlich juckt meine Haut und spannt sich schlimmer denn je. Ich sollte mir im Rückspiegel besser den blitzenden Kühlergrill des Mercedes ansehen oder zur Seite die renovierten Fassaden der Plattenbauten mit orangefarbenen und blauen

Streifen oder die Kneipe mit der böhmischen Biersorte vom Fass für einen Spottpreis oder die schwindenden Schutthalden entlang des ehemaligen Mauerstreifens, die fehlenden Häuserwände dort mit Blick in morsche Dachstühle: Die Sparren ragen wie Haifischzähne aus den Häusern, die bald nicht mehr stehen, weil sie neuen Bürogebäuden weichen werden – und die Straße zieht sich schnurgerade hin.

Genau hier habe ich nach dem Taxi den Flachmann geöffnet, ehe ich vor den Ratten erwachte. Und der kleine Porsche rollt die Straße entlang, ich sehe nicht mehr in den Rückspiegel, rede kein Wort, drehe am Radio, finde den Sender und lasse den Kopf ein Stück zurückfallen. Voraus im Kreisverkehr könnte ich gleich auf das flache Bechstein-Gebäude blicken, zur Rechten das entfernte Springer-Haus: Im einen macht man ausgezeichnete Klaviere, im anderen Zeitungen – ich könnte meine Augen auf das Innere des Kreisverkehres richten und einfach immer ringsherum fahren, bis uns schwindlig ist oder die Ausfahrt nehmen Richtung Oranienplatz. Selbst wenn ich leer bin, weiß ich eine Menge von den Sehenswürdigkeiten dieser Stadt. Selbst dann, wenn das jagdgrüne Cabrio hinter uns immer langsamer wird und zurückfällt, weil Adelheid Peter immer heftiger küsst. Doch dann trete ich kurz vor dem Kreisverkehr auf die Bremsen, dass Melanie mit voller Wucht gegen das Armaturenbrett knallt und mich laut anschreit, was der Scheiß soll, doch ich reiße die Tür auf und marschiere über den dunklen Asphalt auf den bremsenden Mercedes zu und höre, wie es hinter ihnen quietscht und sie mich ungläubig ansehen, während ich mit dem Zeigefinger ausgestreckt auf sie zurenne:

„Könnt ihr endlich aufhören, euch hier mitten im Verkehr abzulecken."

„Was soll der Mist?", fragt Adelheid.

„Ich werde Maxell den Wagen ohne einen Kratzer übergeben, ist das klar. Der Rest ist mir schnuppe."

Du solltest mehr Zeitung lesen!", erklärt Theodor mir vor den Herren. In Zeitungen läge nicht die gesamte Wahrheit oder eine Anleitung, diese zu finden. Aber ein Bild, das könne man sich machen.

„Kann schon sein", entgegne ich Theodor und sehe den Herren kurz in die Augen. Ich schwenke meinen Martini, weil Martinis wieder im Kommen sind und ich mir gedacht habe: Wenn du keinen trinkst, vermutet eh nur jeder, du verkneifst ihn dir. Ich schwenke ihn ein bisschen um sein Inneres und stoße mit Theodor und den Herren aus dem Ministerium an und überlege, wie viele Tageszeitungen Theodor am Tag wohl lesen kann. Vielleicht sollte ich den Herrn mit der Krawatte fragen. Je weiter die Leute nach oben fallen, umso mehr steigen auch ihre Neurosen gegen defizitäres Wissen. Es ist schon seltsam, wie sehr sie ihre Allgemeinbildung vor sich hertragen bei einem Sonntagsbrunch in Kreuzberg. Ich nippe an meinem Getränk, während die Herren sich duellieren, lasse mir nichts anmerken, ahme sie aber nach: Ich neige den Kopf vor und spitze die Augen, reibe Daumen und Zeigefinger kräftig übereinander, stelle das Glas ab und schiebe meine Hand ganz locker in die Hosentasche, ziehe Falten in die Stirn nach dem Motto: Sehen Sie es mal von dieser Warte! Und dann klopfe ich den Tabak meiner Filterzigarette auf dem silbernen Zigarettendöschen fest in die Hülse und denke: Ganz richtig, ganz richtig. Da klappt einem das Messer in der Tasche auf, aber das ist es ja, was die anderen wollen. Da muss man professionell bleiben und in der Sache antworten, sonst nichts.

Ich schlürfe meinen Martini und betrachte die Gäste auf dem Balkon, unter ihnen Adelheid und Peter, dann eine alte Freundin aus

Doreens Zeit in der Schauspielschule, eine Brünette mit Strohhut, lockerer roter Bluse und einer Kette aus schwarzen Holzkugeln, dann ein Kerl so um die dreißig, der mir völlig unbekannt ist und dann noch Melanie, die sich mit einem Typen mit pomadigen Haaren unterhält. Es mag sein, dass ich den einen oder anderen Schluck zu viel getrunken habe, doch ich fühle mich prächtig und gut konzentriert. Fahren kann ich nicht mehr.

„Du nimmst noch einen mit uns?", lädt Theodor mich ein und ich kann mich gar nicht entsinnen, vorhin mal abgelehnt zu haben. Ich sage ihm, was mir gerade recht kommen würde: ein Cointreau auf Eis. In dem Moment sagt einer der Ministerialkollegen, ich sei doch in der Werbebranche und hätte diese Sache entworfen, wenn auch für die falsche Partei und meine Idee mit den Bundesfarben sei ja interessant, aber so ein Versuch, einer ökologischen Partei die nationalen Farben zu verleihen, wäre auch nicht besser als Justitia auf Wahlplakate der NPD zu drucken. Er grinst ganz lustig und ich frage mich, woher er das überhaupt weiß. Vermutlich muss ich Theodor zur Rede stellen.

Er kommt mit den Getränken zurück – ich bin erleichtert, dass er ein neues Thema anschneidet. Ich stecke mir eine Zigarette an, sehe wieder auf den Balkon und verfolge Peter und Adelheid. Das Gequassel der Ministerialbeamten überhöre ich allmählich. Keinen scheint es zu interessieren, wie zahlreich die Bettelverbote wieder im Land an den öffentlichen Gebäuden und Plätzen aushängen.

„Haben sie sich reichlich am Büfett genommen, meine Herren?", fragt Doreen in die Runde und legt den Arm um Theodors Rücken, woraufhin einer der Herren nach dem anderen ihr zunickt und ich mir überlege, ob auch ich neuerdings in der dritten Person anzusprechen sei.

„Ich gehe zum Büfett", sage ich, schenke mir im Vorbeigehen Cointreau nach und greife tief in den Eisbottich. Vom Essen ist noch reichlich da. Ich nehme mir Kaninchenleber, dekoriere sie mit Kräutern, lege ein paar Streifen Parmaschinken hinten rechts an den Tellerrand, auch ein wenig Crème darf nicht fehlen, zwei Löffel Pfifferlinge dazu, die aller Wahrscheinlichkeit nach aus Rumänien oder Bulgarien stammen, deutsche können es um diese Jahreszeit nicht sein. Ich baue noch einen kleinen Schutzwall vorne links aus Prinzessinnen-Kartoffeln und vorne rechts platziere ich zwei kleine Möhren, ein Stück Aubergine, Mandeln und Rosinen. Auf einem Sekretär steht Champagner, ich habe aber keine Hand mehr frei.

Im kleinen Zimmer mit Blick nach Osten auf die Friedhofsmauern finde ich einen Couchsessel, auf dem ich mich niederlasse. Nach und nach leere ich den Teller, bis am Ende nur die ausgehöhlte Aubergine in einem Rest Crème zurückbleibt und ich passen muss. Zur Entlastung spüle ich Cointreau hinterher und nehme einen der Zigarillos, die auf einer gravierten Kupferschale liegen.

Mir gehen die Klamotten für das Kind durch den Sinn und die Frage, ob Maxell erscheinen wird. Feiern sind die Zeremonien der Zukunft, weil jeder irgendwann schwach wird: Ministerialbeamte reden plötzlich nach dem fünften Wein wie Ketzer, sprechen von Zeiten der Hurerei und Nächten, als sie trunken das Morgengrauen besiegten, auf Brücken kletterten und Straßenschilder vor den Polizeiwachen klauten und keine Möglichkeit ausließen, einem Freund in Verlegenheit mit einem wuchtigen Kinnhaken aus irgendeiner Bredouille zu helfen. Zeiten, in denen wir Rosen in den Parkanlagen stehlen gingen und irgendeine Herzensflamme damit am nächsten Tag beglücken wollten.

Ich stehe am Fenster und blicke hinaus: Für Theodor und Doreen ist ein neues Zeitalter angebrochen – Frieda oder Karl, Luise oder Bert. Jemand betritt hinter mir leise das Zimmer und zögert zu sprechen. Der Rauch meines Zigarillos zieht durch den Fensterspalt in das Tageslicht und ich kann sehen, wie sich die bläulichen Schwaden verflüchtigen. Noch vermag ich kein Parfüm oder Körperschweiß zu riechen, doch etwas sagen oder nach der Person fragen, das möchte ich nicht. Ich halte meine Handfläche auf die Fensterbank gestützt und denke nach, warum diese Person den Raum betreten hat, denn außer mir befindet sich hier niemand. Es gibt nicht einmal Bilder an den Wänden, Fotos oder einen schönen Ausblick aus dem Fenster, für den es sich lohnt, drüben das sonnenreiche Zimmer zu verlassen oder die Champagnerflaschen nebenan oder das Büfett. Für einige Sekunden verändert sich die Lage nicht und ich mache mir Gedanken, wer dort in meinem Rücken steht und auf mich sieht oder an die Decke. Ein Räuspern wäre üblich oder ein druckvolles Schreiten über den hölzernen Fußboden. Plötzlich knarrt eine Diele und der Person scheint der Atem zu stocken, so still ist der Raum, so tot wie der Friedhof hinter den Mauern der anderen Straßenseite. Ich spüre fast den Herzschlag der Person und rasende Gedanken. Der unglückliche Fuß wird vermutlich genau in dieser Sekunde von der knarrenden Diele gezogen. Es quietscht ein zweites Mal weiter hinten im Raum an der Tür und dann, einen Moment später, auf der Schwelle.

„Hier steckst du also, wir suchen dich schon."

Einen Augenblick geht mir durch den Sinn, Doreen könne es vorhin gewesen sein, und sie käme jetzt ein zweites Mal ins Zimmer.

„Wolltest du hier Mittagsschlaf machen?"

„Ich muss das Essen verdauen. Der Couchsessel kommt wie gerufen. Aber sag' mal: Was hat es eigentlich mit dem Zimmer auf sich?"

„Wenn du mit nach drüben kommst, erfährst du es. Komm', die Stimmung ist ausgezeichnet und Champagner ist reichlich da."

„Weißt du, wo Maxell bleibt?"

Doreen sieht mir in die Augen und schüttelt den Kopf:

„Na, komm schon!", sagt sie und reicht mir ihre Hand, als wolle sie ein ängstliches Kind unter fremde, graue Leute führen.

„Theo, ich sag's dir: Mit den Zeitungen, da liegst du ganz weit vorne. Klasse Idee mit dem Lesen. Lesen macht im Prinzip klüger. Hat ein deutscher Schriftsteller mal gesagt. Theo, ich werd' auf dich hören, da kannst du Gift drauf nehmen."

Maxell fehlt immer noch. Das Speed ist zu Ende. Ich stehe wieder bei den Herren vom Ministerium, nachdem ich zum dritten Mal beim Büfett war. Ich muss arg auf der Hut sein, will ich nicht rücklings in die Cocktail-Bar stürzen. Und keiner von ihnen geht auf meinen Vorschlag ein, die Zeitungen hochleben zu lassen: Sie ignorieren mein erhobenes Glas und ich trinke meinen Cointreau allein. Sie scheinen mittlerweile Grünen Tee zu trinken oder stilles, lauwarmes Wasser. Adelheid und Peter sind weiterhin auf dem Balkon, Melanie ist verschwunden – der Kerl mit Pomade ist wohl mit ihr gegangen – und lediglich Theodor steht an meiner Seite, ohne ein Wort. Ich kann ihm das nicht verübeln, wir hatten nie ein ausgeprägtes Verhältnis zueinander. Ohne Doreen wären wir uns eines Abends zufällig an der Tanzfläche oder der Theke über den Weg gelaufen, ein Gespräch hätte nie stattgefunden. Zwei, die nur eines gemein haben: Dass sie die Gesellschaft des Abends lediglich ertragen. Zwei, die suchen oder Zeit aushalten für ein Glas und den nächsten Tanz mit angestrengtem Lächeln erdulden, bis zu dem Augenblick, da endlich ein Taxi für sie im Morgengrauen hält, auf dass sie ins Bett fallen und die Augen schließen und endlich alles hinter sich lassen – den unentwegten Small Talk und die Anpreisungen beruflicher Erfolge. Ohne Doreen würde Theodor vermutlich gar nicht tanzen – seit er sie kennt, absolviert er sein Pflichtprogramm. Er will ihr nicht wehtun und im gleichen Moment keine Kraft für die Karriere verlieren. Vermutlich ist das die einzige Einsicht in ihre Beziehung, die Doreen mir einmal gewährt hat: Theodor ist kein Tänzer, er tanzt ausschließlich mit ihr und macht aus Pflichtgefühl keiner anderen Frau ein Kompliment.

Die Beamten reden weiter über Landespolitik und die spärliche Entwicklung der Wirtschaft. Im Hintergrund werden ein paar Stühle gerückt und Doreen steht in einem Pulk von Gästen, die allesamt schwatzen. Sie räumen eine kleine Fläche frei und postieren sich im Kreis und einer der Ministerialkollegen spricht Theodor leise an mit vorgehaltener Hand:

„Werden Sie es Ihren Freunden jetzt sagen?"

Doch er wartet Theodors Antwort nicht ab und spricht mit seinem Nachbarn weiter.

„Es klingelt an der Tür", rufe ich laut. „Ich mach' mal auf, oder?"

Auf dem Weg zur Tür komme ich beim Eisbottich vorbei. Die Geschenke für das Baby liegen noch unten im Wagen, weil wir sie gemeinsam mit Maxell und Heidi überreichen wollen.

„Aber beeil' dich!", ruft Doreen mir hinterher.

Ich nehme einen Schluck, stelle das Glas ab, gehe den Flur entlang und öffne die Tür. Es ist Heidi. Sie trägt ein weites Kleid in bunten Farben bis zu den Knöcheln und ihr Bauch tritt deutlich unter dem Stoff hervor.

„Schön dich zu sehen!", sage ich

„Ja", sagt sie.

„Wo hast du Maxell gelassen, kommst du allein?" Und ich korrigiere mich: „Entschuldige, ihr seid zu zweit", worauf sie aber nicht lächelt. Es scheint, als liefen ihr gleich die Tränen. „Komm' erst mal rein! Wir haben jede Menge leckere Dinge zu essen. Und ziemlich gute Säfte, falls du keinen Champagner willst."

„Ich trinke Rotwein."

„Darfst Du das? Ich meine, wegen des Kindes?"

„Das lass meine Sorge sein. Erstens schadet das dem Kind nicht in der letzten Woche und zweitens bist du der Allerletzte, der mir bei dem Thema etwas sagen darf."

„Du nimmst den Mercedes also nicht mit?", sage ich.

„Meine Güte!", sagt sie: „Was hast du denn alles getrunken?"

„Nur Cointreau und Champagner. Komm' mit, Theo und Doreen werden eine Rede halten. Sie ist schwanger."

„Aha!"

Sie haben auf uns gewartet, es wird kein Wort gesprochen und manche verschränken die Arme vor dem Bauch, manche führen sie hinter den Rücken, einige überschlagen die Beine im Stehen. Man kann die Gedanken durch den Raum schwirren hören. Theodor räuspert sich und beginnt mit sicherer Stimme zu sprechen, während ich Heidi in die Seite stupse und ihr zuflüstere:

„Jetzt werden sie's sagen."

„Also, wie ihr und auch meine Kollegen euch denken könnt, gibt es einen Anlass, aus dem Doreen und meine Wenigkeit euch eingeladen haben. Der eine oder andere wird sich seine Gedanken gemacht haben, was sich dahinter verbirgt. Ich denke, das würde jeder tun. Wir sind froh, dass wir euch heute bei uns haben."

Im Hintergrund entdecke ich Melanie und diesen Kerl mit Pomade im Haar. Sie halten sich in den Armen. Ich sage leise zu Heidi, wir hätten diese Klamotten für das Kind besorgt und ich ginge gleich zum Wagen hinunter, um sie zu holen. Dann setzt Theodor von Neuem an:

„Wir sind in den letzten Jahren regelmäßig zu unseren Freunden nach Buenos Aires geflogen und haben ausgesprochen schöne Zeiten dort verlebt. Doreen begleitet mich zwar nie zum Stierkampf, doch im Großen und Ganzen sind wir dort unten immer recht glücklich gewesen."

Den Herren vom Ministerium entgleitet ein männliches Flunkern und Doreen unterbricht Theodor, sie würde dieses Gemetzel niemals ertragen können, er werde auch diesmal an den Wochenenden allein in die Arena gehen. Ich stupse Heidi ein zweites Mal in die Seite und sage:

„So ein Spektakel sollte sie meiden. Das würdest du deiner Kleinen auch nicht zumuten, oder?"

Ich zeige auf ihren Bauch, doch Heidi antwortet nicht und sieht Theodor und Doreen weiter an.

„Theo und ich ...", sagt Doreen und zögert einen Moment – ein starker Lichtstrahl fällt vom Balkon in die Wohnung und ich kann Wischränder an den Scheiben erkennen, denke an die Zeit, in der das Kind mit Glasmalfarben die Fenster beschmieren wird und die Hälfte dabei auf den Boden kleckert, Augenblicke, in denen Doreen inne halten muss, ehe sie das Kind zornig belehrt. Sie wird eine phantastische Mutter abgeben, ich könnte mir keine bessere vorstellen. Nicht wahr, sage ich zu Heidi und dabei geht mir auf, ich könnte Heidi damit verletzt haben. Auch sie wird ihrer Kleinen eine großartige Mutter sein und ich will mich entschuldigen, da vergeht der Sonnenstrahl:

„Um es kurz zu machen", sagt Doreen: „Diesmal fliegen wir nicht allein zum Vergnügen nach Argentinien. Wir kommen in drei Wochen kurz zurück, um die restlichen Dinge in Berlin auf den Weg zu bringen: Die Wohnung hier muss zu Ende renoviert werden. Es wäre klasse, wenn der eine oder andere von euch helfen könnte. Das Zimmer zum Friedhof ist ja schon länger fertig, aber die Entscheidung zog sich immer wieder hin. Ab November wird Theo Botschaftsrat in Buenos Aires. Wir brechen unsere Zelte hier ab."

Der Sonnenstrahl kehrt zurück durch die Fensterscheiben, erleuchtet die Wischränder – ich kann die Glasmalfarben sehen, gelb und kräftig braun. Ungenaue Bilder eines jungen Kindes. Menschen mit Nasen, die in der Seitenansicht stehen, eine kreisförmige Sonne mit Strichen für das Licht und große Vögel am Himmel mit ungelenken Flügeln. Die Herren vom Ministerium schreiten auf Theodor zu und schütteln ihm die Hand, sie beglückwünschen Doreen und nach und nach umarmen die Freunde und anderen Gäste Doreen, bis auch Heidi zu ihr geht. Sie sind herzlich miteinander, es wird kein Abschied für die Ewigkeit sein, mögen sie einander sagen, und ich sehe das Kinderzimmer, die Mobiles im steten Luftzug an der Fensterscheibe baumeln, große, liebevolle Comicfiguren an den Wänden und ich sehe eine Spieluhr, die nur einmal probeweise aufgezogen wurde.

Ich sitze im Büro und rühre in meinem Kaffee. Jana ist nebenan mit den anderen Telefonistinnen und sie hat mir ein paar Zigaretten geborgt, weil ich den Arbeitsplatz im Augenblick nicht verlassen kann. Per Fahrradkurier erwarte ich eine neue Liste, die ich morgens beim Gericht angefordert habe. Im Augenblick prüfe ich die Datenbögen auf Vollständigkeit und die persönlichen Angaben auf ihre Richtigkeit, indem ich sie mit den Auskünften des Einwohnermeldeamtes vergleiche. Heitmann ist heute früh nach Düsseldorf geflogen und seine Anweisung lautet, alle Datenbögen bis zum Nachmittag abgeschlossen zu haben, gegen fünf sei er zurück.

Es gibt kaum Tageslicht im Raum, der Monitor wirft starke Kontraste von sich und über mir surrt ein Neonlicht gleichmäßig, als wolle es mich einschläfern. Nach und nach arbeite ich mich durch die Datenbögen und hake sie ab, lege sie beiseite auf einen Stapel, sodass allein die Kunden übrig bleiben, zu denen ich die Informationen vom Gericht erwarte. Meine Kopfschmerzen sind ein Mitbringsel von gestern. Wo in aller Welt sich Maxell wohl herumtreibt? Ich nehme einen Schluck Kaffee und eine weitere Tablette.

Jana betritt den Raum und überreicht mir neue Datenbögen. Sie zupft an meinem Hemdkragen und wir unterhalten uns über Klamotten und die Frage, warum ich wieder Hemden von Abrams trage und nicht die neuen.

„Du verdienst doch einigermaßen", sagt sie. „Kein Grund, nur billige Sachen zu tragen."

„Das ist Gewohnheit", sage ich und dass ich mich ganz wohl fühle in den Hemden, schließlich sehen sie nicht schlecht aus oder schäbig. Eigentlich ist Jana ein direkter Typ, sie redet kaum der Unterhaltung Willen. Im Grunde will sie mit mir ins Bett. Sie ist keine Frau, die beliebig ihre Kleidung für mich wechseln, mich in jede schlechte Theatervorstellung begleiten würde, weil der Friede als Paar für sie wichtiger wäre. Im Gegenteil: Es ist ihr sogar gleichgültig, ob ich am Abend Börsenguru spiele und am Tag nur Fenster putzen gehe. Sie will Sex und tarnt es nicht mit Vernissage-Geschwafel oder Ansichten zur Politik. Unsere noble Gesinnung beim Prosecco in den Clubs ist ohnehin die blanke Willkür: Jeden Monat näher an der Jahrtausendwende schmeißt noch einer mehr seine alte Kleidung weg. Wer gestern noch zu Greenpeace wollte, macht heute PR für einen Atomkonzern. Wer heute über Darwin promoviert, wirft sich gleich morgen in der Freikirche zu Boden. Wer jahrelang durch Schwulenbars gezogen ist, zerrt plötzlich seine Schulfreundin zum Standesamt – und einer nach dem anderen ist plötzlich anders als noch eine Nacht zuvor und ich werde den Eindruck einfach nicht los, als wollten alle nur die lästige Vergangenheit abstreifen, irgendwie wachsen, Hauptsache irgendwohin, anstatt ihr Leben lang den Walfang zu bekämpfen oder ihr Leben lang zu sagen, dass die Bibel ganz allein vom Menschen abstammt oder ihr Leben lang das eigene Geschlecht zu lieben und entsprechend auch zu leben.

Jana hält mir die Kaffeekanne hin, doch ich lehne ab.

„Warst du feiern, gestern?"

„Eigentlich gab's nichts zu feiern", sage ich, greife mir ihre Zigarettenschachtel und suche ein Feuerzeug.

„Was war denn los?"

„Ich möchte nicht drüber reden", erwidere ich und erkundige mich nach der Situation nebenan im Call-Center – wie der Neue sich macht, der heute seinen ersten selbstständigen Tag absolviert.

„Er ist ganz ok. Er nimmt die Kohorte 50plus und beherrscht das anscheinend ganz gut."

Ich sehe Fruchtfliegen über einer Saftflasche auf der Fensterbank. Dann sehe ich zur Decke, dann zu Jana:

„Hast du nie daran gedacht, was anderes zu tun, als immer zu telefonieren? Jemand wie du hat hier am zweiten Tag ausgelernt."

„Und du?", entgegnet sie. „Warum bist du hier und gehst die Schuldnerlisten durch und streichst die faulen Kunden?"

„Das weißt du ganz genau: Ich hab' meinen Job verloren."

„Findest du nichts anderes?"

„Willst du dich nicht endlich mal setzen?", frage ich sie und warum sie mit Gegenfragen antworte.

„Warum ich hier bin, willst du wissen!", sagt sie, drückt ihr Kreuz durch und bleibt vor mir stehen. „Du drehst senilen Omas irgendwelche Kuren an, durch die sie ohnehin nicht mehr gesund werden. Vielleicht ein Jahr lang, bis die ersten abkratzen. Was sind schon sieben Jahre Immobilienkredite dagegen?"

Ich fange an zu schwitzen, meine Haut brennt überall.

„Du könntest mich mal zum Essen einladen", sagt sie, „und hinterher sehen wir weiter."

Ihre Augen glühen und sie erscheint dennoch kühl. Ihr makelloser Körper mit den straff hervortretenden Brüsten wirkt und wirkt, während sie mitten im Büro steht. Doch schon wieder sind meine Gedanken anderswo, bei Adelheid und Peter, und dass irgendwas zu Ende geht in meinem Leben.

„Ich will nichts von dir", lüge ich kurzerhand, weil meine Halsschlagader so heftig pulsiert, dass ich keine Luft mehr kriege.

Jana blickt mir scharf in die Augen und dann beugt sie sich zu mir herunter:

„Du kriegst schon lange keinen mehr hoch, nicht wahr", sagt sie und stößt mich mit dem Stuhl weg, dass ich bis zur Wand rolle und es kracht und ich nur dasitze, während sie den Raum verlässt – drüben klingelt das Telefon.

Ich halte Maxells Datenbogen mit beiden Händen fest. Alle 15 Minuten habe ich das Blatt ein Stück weiter unter den Haufen geschoben, der kleiner und kleiner wird. Vor einer Stunde ist die Liste vom Gericht eingetroffen: nichts zu Maxell. Alle anderen Datenbögen sind komplettiert. Allein Maxells Bogen steht aus und ich weiß, im Tresor bei Heitmann liegt ein Band mit dem Telefonat zwischen Jana und Maxell. Sein Datenbogen muss heute nach Düsseldorf in die Zentrale: Entweder mit einem Vertragsabschluss oder mit einem Strich in der Spalte Bonität. Doch ich besitze keinen Schlüssel zum Tresor, wo die Gesprächsmitschnitte lagern. Also greife ich zum Telefon und wähle die Nummer der Werkstatt, schließlich muss ich Maxell den Mercedes noch zurückbringen und könnte Glück haben, dass Heidi abnimmt: Das wäre eine Möglichkeit, sie ins Vertrauen zu ziehen – doch Heidi geht nicht dran.

Eine weitere Stunde ist vergangen – ich bin keinen Schritt weiter. Die Liste vom Gericht hilft nicht, auch die der Schufa nicht: kein Konkursverfahren mit seinem Namen, kein geplatzter Kredit, nichts. Mangelnder Geschäftssinn oder Straffälligkeit und ich wäre raus aus all dem und könnte den Bogen rot markieren oder in den Abfall werfen. Ich greife also wieder zum Hörer. Mir schwebt Heidis Gesichtsausdruck vor, ich gehe die

Möglichkeiten durch, während ich Maxells Datenbogen in der Hand halte. Ich bin bestimmt nicht der erste mit diesem Problem im Büro. Wie viele Schicksale von Freunden hier entdeckt worden sind und wahre Identitäten? Allerletzte Fluchten in Abschreibungen, in neue Kredite, um alte zu tilgen. Dieses Blatt Papier ist Maxells Untergang. Heidi könnte den Antrag in seinem Namen zurückziehen.

Dann lege ich den Hörer auf und gehe zum Fenster in die Küche, öffne es und atme tief durch. Ich löse einen Hemdknopf und gieße mir Kaffee ein. Ich erinnere mich an gute Tage mit Maxell. Wir haben uns gefreut, wenn wir uns sahen. Doch heute stehen wir zusammen in den Clubs und spüren nichts voneinander.

Im Nebenraum rattern die Telefone: Anrufer ohne Gesicht, die wir verkaufen. So wird es jeden Tag sein, nichts wird sich ändern. Und ich könnte stundenlang nachdenken, doch dann schütte ich den Kaffee in den Ausguss, greife mir den Datenbogen und gehe in Heitmanns Zimmer. Es wird fünf Minuten dauern, die ich ungestört sein muss. Ich blicke auf die Uhr, schließe die Bürotür von innen ab und teile mir die Zeit ein: Dreißig Sekunden, um den Rechner hochzufahren und mich anzumelden, dreißig weitere Sekunden, um zu sehen, wie tief ich auf die Systemebene komme. Drei Minuten Zeit, um zu sehen, ob ich Zugriff auf die Datenbank erhalte und Maxells Einträge dort löschen kann und eine letzte Minute, falls alles erfolglos bleibt. Für den Fall habe ich einen Zettel und eine Diskette dabei. Fünf Minuten darf niemand ins Zimmer kommen. Ich gebe meinen Benutzernamen an und tippe das Passwort.

Nichts, ich kann nichts zu Maxell in Heitmanns Rechner finden. Vermutlich suche ich an der falschen Stelle oder es liegt daran, dass ich mich mit meinem persönlichen Profil anmelden musste. Immerhin sehe ich die System-Dateien: Ich ziehe den Zettel aus der Hosentasche, öffne die Boot-Datei und schreibe eine der Zeilen hinein, die ich mir notiert habe. Es ist die einzige Möglichkeit – Heitmanns Flieger ist wahrscheinlich vor einer halben Stunde in Tegel gelandet. Vermutlich sitzt er schon im Taxi und fährt direkt ins Büro. Ich muss mich konzentrieren, meinen Verstand schärfen, schließlich mache ich das zum ersten Mal im Leben. Allmählich aber gehen die Dinge zusammen, ich habe gut die Hälfte der Anweisungen vom Zettel in die verschiedenen System-Dateien geschrieben, da rüttelt jemand an der Tür:

„Wer ist da drin?"

Mir brennt die Haut, sie spannt sich über dem Brustkorb. Ich muss jetzt locker bleiben – es war Janas Stimme.

„Was willst du?", entgegne ich, um Zeit zu gewinnen, weil nicht alle Zeilen in die Dateien geschrieben sind. Mir fehlt eine plausible Antwort, damit Jana keinen Verdacht schöpft. Ich öffne die letzte Datei, die zu ändern ist und dann kommt mir die Idee:

„Ich ... ich."

„Was machst Du denn da?"

„Ich … ich."

„Das ist nicht Dein Ernst", sagt sie.

„Na, ja!"

Für einige Sekunden bleibt es still hinter der Tür und ich kann meinen Pulsschlag spüren, höre meinen Atem und drücke meine Hand auf den Mund, dass die Luft über die Nase ein- und ausfließt. Mit der anderen tippe ich Buchstabe um Buchstabe so langsam und leise, dass die Tasten nicht zu hören sind. Und dann beginnt Jana zu flüstern. Ich sehe es förmlich, wie sie ihre Lippen an die Außenseite der Tür drückt:

„Und ich dachte schon, bei dir läuft nichts."

Für eine Weile bleibt sie stumm.

„Vielleicht", sagt sie dann leise, „willst du also doch mit mir essen gehen?"

Jetzt muss ein Zugeständnis her: Ich brauche eine Lüge, die jeder gerne glauben würde auf der anderen Seite der Tür.

„Wenn wir meinen Wagen nehmen, darfst du das Restaurant auswählen", sage ich und warte auf ihre Antwort.

„Um Punkt Acht mache ich Schluss", antwortet sie.

„Geht in Ordnung", flüstere ich. „Und bitte, das bleibt unter uns?"

„Übernimm' dich in der Zwischenzeit nicht!", sagt sie und ich kann ihre hallenden Schritte durch den Flur hören, die Tür des Centers schließt sich und ich atme tief durch und blicke auf den Bildschirm. Ich speichere die geänderten Dateien und starte den Rechner neu. Mein Eingriff ist nicht irreparabel, aber er stiftet eine Zeit lang Verwirrung und genau die brauche ich für Maxell und Heidi.

Nachdem ich alle Spuren auf Heitmanns Schreibtisch beseitigt habe, schnappe ich mir den Datenbogen und gehe zu meinem eigenen Rechner, schiebe die Diskette mit dem Virus hinein, der das Netzwerk lahmlegen, den Zugriff auf die zentralen Laufwerke blockieren wird. Langsam beruhigt sich mein Puls und ich verschwinde ins Treppenhaus.

Ein Baldachin aus Platanen und Sonnenstrahlen, warme Luft schwebt über meinem Wagen, während ich den Hang mit ruhigem Motor hinabgleite. Im schwarzen Mercedes neben mir prüft der Fahrer seine Krawatte im Rückspiegel – seine Stirn ist voller Denkfalten. Was wird wohl sein, wenn er im Konferenzzimmer nicht ständig an der Krawatte spielen kann und seine Hände andauernd schwitzen und Schweißflecken auf dem Tisch für alle sichtbar hinterlassen? Seine Hautfarbe wirkt blass hinter den getönten Scheiben, blass und blättrig wie meine von den vielen Zigaretten. Besser sitze ich ruhig unter dem Baldachin und blicke auf die Straße, während der Motor die Arbeit erledigt. Vielleicht sollte ich die hässliche Vergangenheit in den Wind spucken auf die nächste Kühlerhaube, bis sie dort über der Motorwärme in der Sonne verdunstet. Vielleicht sollte ich neu beginnen, es wäre doch gelacht – großen Ärger haben wir schließlich nicht, auch keine zerstörte Heimat. Weder leiden wir Hunger noch raffen uns Epidemien hinweg. Kurz vor der Jahrtausendwende sind die meisten nur völlig leer oder sie klammern sich an die unüberschaubare Masse rauschender Feste in ständig neuen Clubs oder sie klammern sich an die wahllosen Vernissagen, zu denen mittlerweile Erstsemester eingeladen werden oder an die allabendlichen Start-up-Partys, die wie Pilze aus dem Boden schießen, weil bald jeder, der ein Laptop mit Powerpoint bedienen kann und weiß, wo man im Netz einen plausiblen Businessplan abschreiben kann, an die Börse will. Die Mauer ist weg, der Kalte Krieg auch und Europa wächst vor sich hin. Keinem geht es besser zwischen Baltikum und Mittelmeer als uns, selbst wenn die Bettler und Junkies in den Straßen zahlreicher werden. Irgendwo findest du immer noch eine

Prise Speed gegen die eigene Leere. Egal was du suchst: Du musst nur unter dem Baldachin sitzen und die Musik aufdrehen, während die Platanen im Sommer ihre alte Rinde in Schalen abwerfen.

Ich stehe an seiner Zufahrt und schlage die Tür des Mercedes zu. Das Blechschild einer Mineralölgesellschaft pendelt im Wind – über mir tanzen die Fähnchen und die geputzten Gebrauchtwagen glänzen in der Sonne. Hinter mir läuft der Verkehr der Bundesstraße 96A, von der ich gekommen bin. Auf dem Gelände gibt es kein Lebenszeichen. Am Himmel steht keine Wolke. Noch immer pendelt das Blechschild an der Fassade, vom Dach der alten Zapfsäulen fällt Schatten auf die Ladenfenster und drinnen tönt Musik.

Hinter dem Gebäude ragt die Schnauze seines Volvos mit dem Schweizer Kennzeichen vor und ich überlege die Hand auf die Motorhaube zu legen. Wahrscheinlich ist der Wagen nicht gefahren, seit Maxell am Freitag verschwunden ist. Er lässt nie das Radio im Büro laufen, nur Heidi dreht die Lieder auf, solange sie in der Werkstatt arbeitet. Ich blicke mich um: Kunden sind keine zu sehen, die vor Preisschildern stehen oder sich über die Motorblöcke stützen. Auch sonst waren selten welche hier: keine Singles oder junge Paare für einen Roadster. Und für die Kombis keine Familien mit ihren kleinen Kindern, die hinter den Autos Verstecken spielen und sich auf Zehenspitzen stellen, um danach zu blinzeln, ob die Eltern sie entdeckt haben oder erfolglos suchen.

Ich führe meine Hand über den Aluminiumrahmen der Ladentür und richte den Blick auf die kleine Glocke oben am Sturz. Die Tür fasst eine große Scheibe, auf der ein paar Aufkleber erwünschter Zahlungsmittel abgebildet sind. Ich finde auch kleine Werbeschilder unterschiedlicher Hersteller für Motorenöle, Benzine und Reifen. All die Embleme waren vermutlich immer Makulatur, weil Maxell nie einen

Vertrag für den Vertrieb dieser Marken besaß. Meine Hand liegt weiter auf dem Aluminiumrahmen. Ich kann sehen, wie sich die Haare meiner Unterarme im Wind aufrichten – über mir pendelt das Blechschild. Unverändert dringt Musik aus dem Laden und ich sehe zurück auf die B96A. Dann drücke ich die Türklinke: Heidi sitzt am Schreibtisch und vergräbt ihr Gesicht in den Händen.

Ich lege den Schlüssel für das jagdgrüne Cabrio auf den Tisch, schiebe ihn Heidi sachte zu und zünde mir eine Zigarette an. Sie sagt kein Wort. Der Raum ist von altem Zigarettenrauch durchzogen und ich werfe einen Blick auf die Bilder an den Wänden – auf zweien bin ich selbst zu sehen: Adelheid mit mir an der Nordsee und Maxell, Heidi und wir beide in der Schweiz vor einer Talsperre.

„Deine Haare sind immer noch silbern", sagt sie und hebt ihren Kopf aus den Händen. Ihre Augen sind tiefrot, sie muss lange geweint haben.

„Ich lasse sie grau."

„Wo ist Adelheid?", fragt sie. „Du darfst sie nicht alleine lassen!"

Zwischen uns ist die Tischplatte, auf der unzählige Papiere ungeordnet liegen: unerledigte Rechnungen und Mahnbriefe, auch Kaufverträge ohne Unterschriften. Zu den Seiten türmen sich Akten auf – vielleicht liegt sein Döschen irgendwo inmitten dieser Sachen und mit einem Inhalt, der mich interessieren könnte. Man soll mich nicht fragen, warum ich in diesem Augenblick daran denken kann und nicht allein bei Heidi bin mit meinen Gefühlen. Doch es gibt einen Ort, an dem sich sein Zeug, diese Dose befinden muss. Ich könnte aufstehen, um den Tisch gehen und Heidi mit der Hand über die Schulter streichen, sie in den Arm nehmen und trösten. Ich könnte sie auch fragen, ob wir raus ins Grüne fahren wollen: Federball am Wasser spielen. Oder nur bis zum Park: Dort ist es weniger windig und die Bälle wären berechenbar. Doch ich spiele an meiner Zigarette wie Maxell es häufig tut: Das Filterpapier wringt sich in diagonalen Streifen – nach und nach rückt die Glut zum Filter vor. Ich sollte ein paar nette Worte sagen, ehe die ganzen Fragen darüber aufkommen, wie zerstört ihr Leben momentan ist. Doch mir fällt nur eines ein:

„Haben sie ihm Handschellen angelegt?"

„Ja", sagt sie und kramt nach einem Taschentuch.

„Wo haben sie ihn hingebracht?"

„Moabit."

Ich denke an Maxells Datenbogen in meiner Hosentasche, an die blockierten Rechner im Büro, den Telefonmitschnitt im Tresor und Jana, die um acht Uhr vergeblich am Kurfürstendamm nach meinem Wagen Ausschau halten wird.

„Hast du es gewusst?", fragt Heidi.

„Etwas vermutet", sage ich. „Irgendwas stimmte zum Schluss nicht mehr. Er hat sich verändert, seit ihr diese Werkstatt habt."

„Warum hast du nichts gesagt?"

„Was hätte ich sagen sollen? Dass er mir fremd wird?"

„Ihr seid wie Brüder: Er hat mir nicht mal in die Augen gesehen, als die Polizei kam. Kein Wort, als sie ihn mitgenommen haben. Kein Wort nach zehn Jahren. Er hat nichts abgestritten, nur gelächelt. Nicht mal einen Anwalt wollte er."

„Ein guter Anwalt könnte helfen", sage ich. „Es kommt alles wieder in Ordnung. Wir müssen es nur versuchen."

„Lass den Quatsch!", sagt sie und kramt unter den Stößen Papier und dann sehe ich die Metalldose im Licht flimmern.

„Hier, nimm' es, zieh' es dir rein! Ihr könnt mich alle mal mit euren Ausflüchten. Ich will das alles nicht mehr. Nimm' es und geh'!"

Ich frage nicht, wie ich es zu verstehen habe, verstaue das Döschen in meiner Hemdtasche und sage ihr, ich würde für sie da sein, sie solle mich nur anrufen, wann immer sie möchte. Sie sieht mir bitter in die Augen und ich ringe um irgendeine Floskel, stehe auf und gehe rückwärts zur Tür und taste hinter mir nach der Klinke. Ich lege nicht den Arm um sie, ich tröste sie nicht und fahre sie nicht raus an die Sonne zum Federball, raus aus diesem Luftschloss. Nur noch eine Woche bleibt ihr bis zum Geburtstermin – ich trete von der gefliesten Schwelle nach draußen, ziehe die Tür ins Schloss und spüre das Metalldöschen in meiner Hemdtasche, während das Blechschild im Wind pendelt.

Mein VW-Porsche fährt der Dämmerung entgegen. Die Rückenlehne ist noch angenehm warm vom Tag in der Sonne, genauso das Steuer. Mit dem Abend legt sich Ruhe über die Stadt und die Ereignisse, seit ich Heidi allein in der Werkstatt ließ. Den Rest des Tages habe ich gearbeitet, Dinge zu Ende gebracht und ein Konzept für eine weitere Firma skizziert. Ein kleines Unternehmen, das Holzböden vertreibt und kaum von der Stelle kommt. Viel musste ich am alten Auftritt gar nicht ändern: Aus dem Logo habe ich das Pink und Petrol genommen, weil es die späten 80er und frühen 90er verkörpert und wenig nach Holz anmutet. Alle Werbemittel haben künftig Weiß als Grundfarbe, aus den Kopftexten habe ich Begriffe wie Eleganz, Form und Stil gestrichen – die Zeiten sind vorbei, in denen Kunden erst in zweiter Linie auf den Preis achten. Und zuletzt habe ich die schnöde Schlagzeile durch ein Reizthema ersetzt: Ihre Bodenreform.

Morgen ist die Internetseite dran. In diesem Tempo sollte ich weitermachen: Zwei bis drei Firmen pro Woche, dann wird es schon klappen. Nach den kreativen Stunden versuche ich mit Bürokram in den Alltag zurückzukehren: Ich drucke Präsentationen bei einer Tasse Kaffee aus und hefte die Exemplare anschließend, sehe aus dem Fenster und stelle Felix eine Schale Milch in den Hof. Umschläge sind zu etikettieren, Briefmarken in der Wohnung zu suchen – und den Moment kannst du genau spüren, wenn der bittere Geschmack des Falzes von den Briefmarken im Mund zerrinnt. Du kannst dabei den pakistanischen Kindern im Innenhof zusehen, wie sie schreien und lachen beim Fußball oder turnen an der kleinen Reckstange oder wie sie Felix verscheuchen, der seinen Teller Milch getrunken hat. Doch im Grunde siehst du nur Maxells Gesicht vor einer weißen Zellenwand und Heidi, die mit Terpentin die ölverschmierten Hände reinigt.

Ich bin auf dem Weg nach Mitte und fahre über die Spree. Flüchtig sehe ich eine Zahl schlafender Möwen auf dem Wasser. Mitten im Fluss schwanken sie mit den leichten Wellen in der Abendsonne. Am rechten Ufer bahnt ein schmaler Kanal seinen Weg durch die Schleuse, an der ein Boot wartet. Langsam rolle ich weiter und sehe auf die Uhr.

Ich parke hinter dem Monbijouplatz und prüfe, ob das Handschuhfach verschlossen ist. Dann gehe ich die Straße zum Park entlang und werde sofort von einer der Frauen am Bordstein angesprochen. Sie ist nicht mehr ganz jung, wirkt aber nicht verbraucht und ich lächle kurz und winke ab. Der Weg führt hinter einem Gebäude leicht bergab und ich spüre ein Stechen in den Waden. Das Kopfsteinpflaster endet an einer Baustelle, ich kann den Schotter unter meinen Sohlen knirschen hören, während im Park die Vögel singen. Vom anderen Ufer dringt warmes Licht über das Wasser und bricht sich an der Oberfläche. Ich mache eine Pause, lehne mich an die Eisenbrüstung und blicke hinüber zur Monbijoubrücke: Dort stand Adelheid neben mir – es mag Wochen zurückliegen – und sie stellte mir eine Frage, die ich bis heute nicht beantworten kann. In zwanzig Minuten sind wir oben im Telecafé über der Stadt verabredet.

Hinter mir sind Schritte auf dem Schotter zu hören, ein Liebespaar vermutlich: Ein Schritt ist gleichmäßig lang, der andere wechselt so, als suche er oder sie den Rhythmus. Bald verlieren sich die Geräusche und ich bin wieder allein. Ich lehne mich stärker an die Brüstung und betrachte die Alte Nationalgalerie. Ihre Mauern, die Kolonnaden davor, die Ufer aus Granit und die verschnörkelten Geländer, gusseiserne Laternen, sogar die

Fensterläden hier wirken monumental. Auf der Monbijoubrücke steht ein Liebespaar: Sie lehnen sich an die Brüstung und die Frau wirft ein Steinchen ins Wasser hinab, worauf der Mann sich zu ihr neigt, die rechte Hand an ihre Schläfe legt und sie sich küssen.

Der Portier bittet die Fahrgäste in den Lift und ich zögere noch – die Geschwindigkeit des Aufzugs ist berüchtigt. Die Uniform des Portiers weckt aber Vertrauen, deshalb steige ich ein. Er drückt einen Knopf auf der Bedienungszeile und die Türen schieben sich zusammen. Im Nu geht es los, sofort steigt der Druck in den Ohren und die Worte des Portiers sind schwer zu verstehen. Draußen habe ich gelesen, dass der Lift dich in 40 Sekunden auf 203 Meter Höhe bringt. Ich kneife die Augen zu und konzentriere mich auf die Gerüche. Aber auch die fehlen seltsam durch die Schnelligkeit. Dann schlägt mein Magen unter die Lungen, weil wir bremsen und schon öffnen sich die Türen. Der Portier wünscht uns einen schönen Aufenthalt und gute Sicht, die Luft sei heute Abend ausgesprochen klar und dann begrüßt er bereits die nächsten Gäste für den Weg nach unten – ich halte Ausschau nach der Bar. Ich befinde mich anscheinend auf der unteren Plattform, eine breite Treppe mit dunklen Holzstufen führt eine Etage hinauf, von der ein biederes Licht hervordringt. Es riecht nach Kaffee und Kuchen zu später Stunde.

Fürs Erste mache ich einen Rundgang zu den Aussichtsfenstern, klemme meine Augen hier und da mal ans Glas, das kaum einen Laut von sich gibt, wenn man mit den Knöcheln dagegen klopft. Ich sehe das giftig grüne Leuchtschild des Debis-Hochhauses in der Ferne und versuche die Straßen zu benennen. Doch mir wird flau, während ich mich vorwage und durch die gebogenen Scheiben geradewegs zweihundert Meter in die Tiefe sehe.

Nach einer Weile steige ich die Stufen zum Telecafé hoch. Ich bin wenige Minuten zu früh, Adelheid ist noch nicht da. Die Plätze sind gut gefüllt, kaum ein Fenster ist frei – ich mache also eine Runde, wobei mir nicht klar ist, ob ich mit oder gegen die Drehung des Cafés laufe. Ein älteres Ehepaar steht auf. Ich halte an und die Frau zwinkert mir zu:

„Sie werden doch nicht allein die schöne Aussicht genießen, junger Mann?"

„Nein, nein! Ich warte auf meine Frau."

„Na, dann ist es gut", meint sie und ich werde rot, weil ich sie angelogen habe. Aber die ältere Dame nimmt keine weitere Notiz und verschwindet mit ihrem Gatten zur Treppe.

Es vergeht kaum Zeit und der Kellner steht neben mir und fragt nach meinen Wünschen. Ich sitze an Platz 20. Ich weiß nicht so recht und lasse mir die Speisekarte bringen und eine Flasche trockenen Rotwein. Der Kellner möchte es genauer wissen, doch ich sage, es sei mir egal, Hauptsache er sei trocken, dann sei es in Ordnung. Die Tische sind mit Platzdeckchen versehen, Kerzen und Servietten. Penibel gefaltet und das Besteck mit den Enden an den Tischkanten abschließend. Als er zurückkehrt, stellt er das Weinglas millimetergenau vor die Spitze meines Messers.

„In zwei Stunden erwarten wir Gäste. Bitte achten sie auf die Reservierung!", sagt er und schenkt mir aus der Flasche ein und ich tue so, als verstünde ich etwas von Wein, nicke ihm wortlos zu und er gießt mir still nach. Dann ist er verschwunden, ich stürze das Glas hinunter – es läuft alles ganz prima.

Ich erkenne die Staatsoper, erbaut unmittelbar nachdem der preußische Soldatenkönig starb. Erst mit dem Tod des Vaters zog die Kunst über Friedrich den Großen nach Berlin ein und in seinen Kriegen wieder aus, durch leere Kassen. Wenn ich mich noch ein paar Minuten hier

oben drehe, gelange ich an den Punkt, auf den Monbijoupark sehen zu
können und die Museumsinsel, ohne mir den Hals zu verrenken – ich
sollte bis dahin nicht betrunken sein. Die Rotation trübt meine Augen
zusätzlich. Das Rondell dreht sich zwar im Uhrzeigersinn und du kannst
den Ellbogen auf einen Vorsprung am Fenster neben dem Tisch legen –
aus den Lüftungsschlitzen sprudelt klimatisierte Luft. Doch die
Hintergrundmusik langweilt mich, auch die Gäste sind langweilig:
Touristen und alte Leute. Ich entzünde mir eine Zigarette und denke, es
ist wirklich nicht der stärkste Moment meines Lebens, hier oben über der
Stadt.

Ein Geschäftsmann einen Tisch weiter studiert eine Gazette des
Springer-Verlags, ihre spärlichen Wirtschaftsseiten und reibt unablässig
seine Manschettenknöpfe. Eine Frau kehrt aus der Toilette zurück und
blickt flüchtig in den Spiegel des Durchgangs, streicht ihr Haar zurück,
ehe sie stolz die Tische passiert, als habe sie sich nie zurecht machen
müssen. Ein süßlicher Geruch flattert hinter ihrem Halstuch zu den
Tischen her – ich schenke mir Rotwein nach und blicke auf die Uhr.
Adelheid verspätet sich. Ich sehe in die Tiefe. Ich warte darauf, mir die
Geschichte von Peter und ihr erklären zu lassen, auf dass ich zum Kritiker
werde aus verletzter Eitelkeit und einen Leserbrief zur Lage der Nation
schreibe oder allem eine Absage erteile, was mein Leben momentan
ausmacht. Doch vermutlich ist es mehr, was meine Haut jeden Tag stärker
jucken lässt. Vielleicht sollte ich das nächste Glas auf ex trinken und sofort
nachschenken oder einen Witz in mein Diktiergerät sprechen – Ironie ist
immer ein probates Mittel in schwachen Momenten. Humor wäre
zumindest besser, als Adelheid zu verletzen. Alternativ könnte ich die
heutige Zeit, den ausufernden Kapitalismus, die wachsende
Rücksichtslosigkeit und Kälte beklagen, doch am Ende macht das alles

keinen Sinn. Also stürze ich den Rotwein runter und sehe erneut in die Tiefe. Die Appassionata von Beethoven ist zu hören.

Der Kellner naht – ich winke ihm zu.

„Sie wünschen, mein Herr?"

Inzwischen sehe ich die beiden Kuppeln am Frankfurter Tor beleuchtet und den Verkehr auf der Karl-Marx-Allee davor, während der Kellner mich, den jungen Gast, so förmlich anspricht.

„Ich möchte die Rechnung, bitte!"

Er ist schon im Begriff zu gehen, da entdecke ich Adelheid. Sie trägt ein dunkles Abendkleid. Ihre Knie beugen den Stoff bei jedem Schritt, bis sie kurz sichtbar werden und ihre schwach gebräunten Beine zu erkennen geben. Mit jedem Blick bedauere ich meine Entscheidung, vorzeitig die Rechnung verlangt zu haben. Nur eine Minute früher – ich wäre im zweiten Aufzug hinabgefahren, an ihr vorüber. Ihr Bauchnabel hinterlässt eine kleine Mulde im Stoff. Sie trägt keinen Schmuck am Hals und hat keine Ränder unter den Augen wie vor Wochen. Ihr Haar ist aufgesteckt wie vor Jahren, als wir uns im Roten Salon kennen lernten und sie entschuldigt ihre Verspätung – ich halte einen anderen Kellner an und bestelle noch eine Flasche vom trockenen Roten und auch ein Glas für Adelheid.

Sie entzündet die Kerze am Tisch und drückt das elektrische Licht aus, wodurch nur unsere Gesichter erhellt sind. Der geringere Lichtschein schärft den Blick hinaus durch die Fenster und auf die blinkenden Adern der Stadt. Ich sehe mein Spiegelbild, es schweift jede halbe Stunde über die Stadt.

„Hast du eine Ahnung, wie viele Straßennamen es da unten gibt?", frage ich sie.

„Wie bitte?", entgegnet sie. „Erklär' mir lieber mal, was ich von deiner Nachricht auf dem Anrufbeantworter halten soll!"

Statt des zweiten Kellners bringt nun eine Kellnerin die Flasche Rotwein, sie stellt die Gläser ab, nimmt mein altes entgegen und schenkt mir zur Probe ein. Ich nicke und wir warten, bis sie auch Adelheids Glas gefüllt hat und geht. Für eine Weile sprechen wir nicht miteinander. Ich berühre die Scheibe und meine Fingerkuppe zeigt genau auf das Bode-Museum.

„Ich kann dir nichts weiter bieten als das, was ich in dieser Stadt finde", sage ich und tippe mit den Fingerkuppen an den Stiel des Weinglases. „Es wird immer weniger."

„Jetzt lass den Quatsch!", sagt sie. „Man trifft andere Menschen im Lauf des Lebens. Dir ein platonischer Freund sein? So wie du dich hängen lässt, weil du nicht mehr der Mittelpunkt meines Lebens bist?"

„Das ist es nicht", entgegne ich und trinke vom Wein.

„Oh, doch! Das ist es", sagt sie.

Ich könnte mir einen Spaß daraus machen, ich könnte alles missverstehen, alles beim Wort nehmen – was könnte man mir vorwerfen als Verflossener. Oder ich könnte die männliche Tour wählen und jede Verfehlung der Vergangenheit aufzählen und abrechnen unter einem fetten Bruchstrich.

„Es reicht aber nicht", sage ich, „dass einer von Zweien einen neuen Mittelpunkt hat."

„Du warst high, als du mir auf dem AB gesprochen hast, stimmt's?"

Ich sehe den französischen Dom am Gendarmenmarkt. Klein mit goldener Farbe ragt er zierlich aus den quadratischen Gebäuden vor. Ein großes System verschieden gestimmter Glocken trägt er unter seiner Kuppel. Man glaubt kaum, aus der kleinsten – die einer Kaffeetasse gleicht

– einen so starken Ton hören zu können. Die größten hingegen wirken klobig. Doch auch sie sind rein gestimmt. Es mögen unzählige Tonnen sein, die am Zenit der Kuppel lasten, still und kraftvoll filigran. Du gehst erstaunt die Treppenstufen um sie bis zur Aussicht hoch, erst dann vergisst du sie und blickst hinaus zur Stadt, auf das giftgrüne Symbol des neuen Hochhauses am Potsdamer Platz, das in einigen Jahren nicht mehr neu sein wird. Schillernd verebbt das Abendrot hinter diesem Grün und du siehst in guten Momenten am westlichen Rand der Stadt mit seinen bewaldeten Hügelrücken die ausgediente Abhörstation der Amerikaner vom Sonnenlicht orange getüncht. Dort findest du die Luft befreit vom störenden Licht der Großstadt, dort bin ich immer häufiger mit meinem Teleskop. Es ist kein großes Teleskop, dennoch habe ich den Himmel erforscht. So wie es einer tut, der nichts sucht außer dem Suchen allein. Ich nehme dann die Brille ab und habe diesen Kontrast, als wären meine Augen jünger, sehr viel schärfer, wenn die Fingerspitzen über die Sterne wandern und jeden einzelnen im Wind berühren.

„Sieh' mich bitte an!", sagt sie.

Ich nehme das Glas an die Lippen, meine Augen tun weh und die Haut brennt auf dem Rücken und den Schultern.

„Du wirkst echt weggetreten in den letzten Wochen", sagt sie.

Ich überlege, was ich sagen kann und trinke das Glas langsam aus, weil ich dadurch Zeit gewinne.

„Ist nicht heute der Tag, an dem sie nach Südamerika fliegen?", frage ich.

„Ja, sie fliegen heute."

„Wann kommen sie wieder?"

„Ist dir das wichtig?", fragt sie.

„Vielleicht", sage ich und sehe uns am Ufer des Schlachtensees, über den die Blütensamen gleiten, wenn ein Schwimmer naht. Wie ich mein

Ohr auf ihren Bauch drücke und den Geräuschen in ihr lausche, ihrer Lebendigkeit. Mit dem anderen Ohr höre ich die Bäume im Wind, die spielenden Kinder am Wasser, ein paar tollende Hunde und Leute, die sich neben uns unterhalten.

„Sieh' mal da hinten!", halte ich den Zeigefinger auf die Fenster in Richtung des Flughafens Tegel. Ein langer Streifen ist zwischen den Häuserzeilen am Rande der Stadt zu erkennen. „Dort ist die Landebahn."

„Ist das so wichtig?", fragt sie.

Sie hat schon vorhin diese Frage gestellt. Als würde sie zu allem fragen, ob es wichtig oder sinnvoll oder irgendetwas für mich sei. Ich schenke mir Rotwein nach und nippe am Glas und halte Ausschau nach der Kellnerin, weil die Zigaretten zur Neige gehen. Aber die Dame ist nicht in Sicht. Ob Adelheid etwa die Kellnerin gesehen hätte, will ich dann wissen und trinke das Glas leer, doch sie geht nicht darauf ein und ich merke, dass wir uns im Grunde nichts zu sagen haben. Ich erzähle also die Geschichte von Maxell und dass ich morgen nach Moabit fahren werde, ihn im Gefängnis zu besuchen.

„Ich habe es schon gehört. Du solltest besser zu Heidi fahren. Sie hätte es jetzt nötiger. Wie viele Tage sind es noch?"

„Eine Woche. Ich bin heute früh bei ihr gewesen."

„Er hat jetzt genug Zeit nachzudenken", sagt sie.

„Was willst du damit sagen?"

Ich hebe die Hand und winke die Kellnerin zu uns an den Tisch und bitte um Zigaretten, stärkere ohne Filter.

„Du bist der einzige", sagt Adelheid, „der Heidi jetzt unter die Arme greifen kann."

Mir geht dieses Lied der beiden Diskjockeys aus London nicht mehr aus dem Sinn und ich höre den Morseticker, höre, wie sie *Timber* schreien, irgendwo im Regenwald und wie die Bäume krachend zu Boden stürzen und wie sich die Stämme beim Aufprall auf der ganzen Länge wringen und an den Enden schwingen und ich höre diese Frauenstimme, die unverständlich etwas murmelt.

„Aus welchem Grund hast du mich überhaupt herbestellt?", fragt sie. „Um hier oben zu schweigen?"

„Frag' doch was anderes! Ich wollte mit dir auf den Flughafen sehen, während sie nach Buenos Aires fliegen."

„Und warum sind wir dann hier und nicht am Gate, um zu winken?", will sie wissen. „Ich wäre mitgekommen, wenn du was gesagt hättest. Warum hier oben? Du kannst die Flugzeuge doch gar nicht sehen. Bei jedem Flieger denkst du: Der da ist es."

„Wahrscheinlich genau deswegen", sage ich und nehme die Zigaretten von der Kellnerin entgegen und zünde mir eine an. „Auf jeden Fall wollte ich dich sehen", sage ich und muss lächeln.

„Das wollte ich auch", sagt sie und ihre Lippen werden weicher und ihre Pigmentstörung tritt deutlicher hervor und mein Herz schlägt stark.

„Sieh' mal da hinten!", sage ich nach einer Weile und zeige auf einen dunklen Fleck neben dem alten Flughafen Tempelhof, wo meine Wohnung liegt: „Das muss der Kreuzberg sein. Eigentlich wäre es viel schöner, mit dem Wein dort zwischen den Studenten und Touristen zu sitzen."

„Oben am Nationaldenkmal? Wird es noch restauriert?"

Ich nicke und trinke einen Schluck Rotwein: „Letzte Woche haben sie die Gerüste sogar mit Planen verhüllt und die Baustelle mit einem drei Meter hohen Bauzaun gesichert. Außer der Spitze ist nichts mehr zu sehen."

„Dann sollten wir mal hineinklettern", sagt Adelheid und lächelt wie am ersten Abend im Roten Salon und mit einem Mal sprechen wir ganz locker, reden über die erfreulichen Dinge der letzten Zeit und ich erkläre ihr, dass ich an den Abenden eine Menge gearbeitet habe.

„Hast du an die Firmen geschrieben?"

„Na, klar!", sage ich. „Sie werden aber nicht sofort antworten und mir um den Hals fallen."

„Du kriegst deine Chance", sagt sie.

„Ja!"

Und gleichzeitig entsinne ich mich der Konzeption für Maxells Autohandel. Das ist nun Vergangenheit. Ich muss Maxell und Heidi auch nichts über die Manipulationen am Rechner im Büro erzählen. Wenn ich Maxell morgen besuche, werde ich es verschweigen. Heitmann wird früh genug einen Anwalt einschalten, denn der Verursacher ist leicht zu bestimmen.

„Werbung ist das, was ich am besten kann", sage ich zu Adelheid. „Aber scheinbar nicht in eigener Sache."

Und dann lachen wir beide über meine Floskeln.

„Es fällt mir nicht leicht, dich mit Peter zu sehen."

„Ich weiß", sagt sie. „Lass uns gehen! Der Rotwein geht auf meine Rechnung."

Ich werde gebeten mich zu setzen. Bislang habe ich nur wenige Gitterstäbe gesehen. Durch zahlreiche Räume und Gänge hat man mich geführt – eine kalte Schuldigkeit kriecht durch die langen, grauen Flure. Hinter den Fenstern liegt ein Hof, dessen Funktion ich nicht kenne. Daran grenzt eine Mauer, die sich kaum von den Friedhofsmauern zur Wohnung von Theodor und Doreen unterscheidet. Nach ein paar Minuten darf ich aufstehen: Ein Schließer steht vor mir und führt mich an eine Gittertür, öffnet das Schloss und deutet mir, ich solle vor ihm eintreten. Dann zieht er die Tür hinter uns zu. Das Ganze geschieht noch ein zweites und ein drittes Mal, ehe ich in einem Raum Platz nehme, in dem ein halbes Dutzend Tische in einer Reihe steht.

Drei Tische sind besetzt: männliche Insassen und weibliche Besucherinnen. Ihre Gespräche sind leise und zwischenzeitlich verebben sie. Eine andere Tür öffnet sich, man führt ihn herein und er setzt sich. Sie fordern uns auf, keine Gegenstände auszutauschen und ich zeige dem Schließer ein Buch, das ich mitgebracht habe, worauf er es flüchtig durchblättert und mir zurückreicht. Dann schiebe ich es Maxell über den Tisch.

„Wie geht es Heidi?", fragt er.

„Nicht gut, sie wird dich nicht besuchen. Sie lässt fragen, ob es etwas gäbe, was du brauchst?"

Er winkt ab und meint, er habe seinen Anwalt eingeschaltet, ansonsten fühle er sich prächtig.

„Womit musst du rechnen?", frage ich.

„Das fügt sich alles. In ein paar Tagen bin ich draußen."

„Heidi sieht das anders."

„Sie kennt nicht die Details", meint er und ich überlege ihm zu sagen: Genau das sei eines der Probleme, niemand kenne die Details, er habe nie etwas erzählt. Doch ich lasse das und frage nach den Krediten und nach seinen Sicherheiten.

„Das ist nicht so dramatisch, wie es aussieht."

„Das glaube, wer will!"

„Du musst es nicht glauben", entgegnet er, „du wirst schon sehen. Aber sag' mal: Kann ich was für dich tun?"

Ich bin irritiert, das aus seinem Mund zu hören und frage, was er damit meint. Doch zeitgleich merke ich ganz dunkel, was er mir zu verstehen geben will – es nimmt auch in diesen Mauern kein Ende. Er hält das Buch in den Händen und blättert, als lese er kurz einige Sätze. Er zieht ein Taschentuch aus der Hose und schnäuzt sich.

„Camus lese ich nicht, er ist herzlos", sagt er und legt das Buch vor sich auf den Tisch. „Du wirst sehen, alter Junge, alles wendet sich zum Guten. Mein Anwalt hat heute Morgen dort auf deinem Platz gesessen. Man muss die Dinge so darstellen, wie es sinnvoll ist. Er wird eine Menge Geld verlangen und wir müssen geschickt sein. Schließlich können wir nicht die Banken verklagen."

„Willst du den Laden auf ihren Namen überschreiben? Ich glaube, sie will damit nichts mehr zu tun haben."

„Wer hat denn daran gedacht?"

Die Aufsicht blickt auf die Uhr. Eine neue Besucherin betritt den Raum und setzt sich an den Nachbartisch, faltet die Hände und wartet auf einen neuen Insassen. Maxell fragt nach meinen Arbeiten und ich erzähle von der Idee für die Holzfirma:

„Alles zum Besten", sage ich.

„Schön! Du arbeitest noch für diesen Callcenter? Du kannst eine Adresse für mich organisieren."

„Damit will ich nichts zu tun haben. Das ist deine Angelegenheit."

„He, wer wird denn gleich."

Die Aufsicht tritt an unseren Tisch, beugt sich vor und deutet uns die letzten Minuten an. Ich nicke und blicke Maxell wieder an:

„Ich mache keine krummen Sachen für dich."

„Du nimmst alles immer so schwer. Du schlägst eine Adresse für mich nach, mehr nicht. Eine Hand wäscht die andere, oder?"

Er schiebt das Buch ein Stück näher zu mir und ich sehe, dass es nicht mehr jenes von Camus ist, sondern ein Sammelband mit Western-Geschichten. Ich blicke ihm in die Augen, bis er anfängt zu lächeln:

„Camus ist einfach nicht erfrischend, er ist bei allem so gleichgültig. Bring' mir beim nächsten Mal lieber eine Geschichte vom Land, etwas Herzerfrischendes! Bring' mir eine Geschichte, die mir die Zeit vertreibt, bis sie mich gehen lassen! Ich werde mich aufs Ohr hauen, ich brauche mal eine Pause. Eine gute Geschichte, die einem die Augen müde werden lässt. Du kennst mich doch. Ohne Mittagsschlaf bin ich nur ein halber Mensch. Das Leben ist doch einfach: Du und deine Ideen, die alten Zeiten: Du musst nur sehen, wie du die Leute für dich anordnest."

Er knufft mir in den Unterarm: „Sieh' mal nach der Adresse und bring' mir was Anständiges! Ein wirklich gutes Buch. Es geht doch nicht um Fehler oder Moral. Hat mein Teleskop denn überhaupt nichts genutzt?"

Er winkt der Aufsicht zu, wünscht mir alles Gute, steht auf und sagt dem Schließer, er wolle mein Buch nicht lesen, Camus habe er noch nie gemocht. Dann verlässt er den Raum.

Ich stehe an der Besucherpforte auf der Straße und sehe meinen Wagen in der Sonne funkeln. Auf der ersten Seite des Buches finde ich einen Namen, eine Adresse und darunter ein Datum, bis wann die Person dort gewohnt haben soll. Ich blättere weiter, doch in der Mitte gleiten die Seiten schwerer über den Daumen: einige sind verklebt. Mit den Fingernägeln trenne ich sie vorsichtig und langsam rieselt das Pulver in meine Handflächen.

Ich setze mich ans Steuer, sehe in den Spiegel und drehe die Musik auf: Ricky's theme, das Stück von den Beastie Boys und die Atmosphäre in meinem Wagen ist ohne Energie. Ich starte den Motor, trete die Kupplung und meine Nasenwände brennen. Auf dem Beifahrersitz liegt das Teleskop.

Alexander ist von seiner Reise aus den Niederlanden zurück. Er hat mir eine Nachricht auf dem Anrufbeantworter hinterlassen und ich sitze neben ihm in der Mokkabar. Er meint, die Angelegenheit mit seinem Reisepass sei bald geregelt. Er ist mit einer Menge von dem Zeug zurückgekehrt und hat einen Großteil abgesetzt, wodurch er seine Schulden begleichen konnte. Ich erzähle wenig von mir und höre seinen Berichten aus Amsterdam zu – die Preise seien nicht die der vergangenen Jahre und die Gewinnspannen ebenso. In der Keizersgracht läge eine Unterkunft für Seeleute, die von einer deutschen Mission betrieben werde. Die Nacht käme nur 40 Mark mit Frühstück und die Zimmer seien spärlich, doch es reiche allemal. Ich stimme ihm zu und nippe an meiner Pina Colada, weil ich vorhin schon eine getrunken habe. Auf die Art irritiere ich meine Geschmacksnerven nicht allzu sehr. Ich erzähle vom Büchertausch mit Maxell und dem Zeug, das zwischen den Seiten verborgen war. Ihm müsse ich davon nichts abgeben, schließlich sei er reichlich versorgt.

Alexander schielt mich an und fragt, ob seine Augen lügen könnten.

Eine der gutaussehenden Bedienungen fehlt heute. Auf meine Frage wird mir erklärt, sie habe eine neue Stelle in der Morena-Bar am Spreewaldplatz angenommen.

„Willst du nächstes Mal mit nach Amsterdam?", fragt Alexander.

„Sag' mal", beginne ich einen Satz, damit wir nicht ewig über seine Drogendeals sprechen, „meinst du eigentlich, dass man irgendwann beginnt, die Politik zu kritisieren und sein Land, wenn man sein Leben nicht voreinander kriegt?"

„Warum nicht?"

„Das ist doch keine Antwort?"

„Grünschnabel: Du, musst mir gar nichts erzählen! Du bist viel zu verkrampft: Schaff' dir deine Nische und alles ist gut."

Er bestellt ein neues Getränk. Anscheinend ist es besser, wenn wir heute Abend über Amsterdam und Curaçao sprechen statt Probleme zu wälzen. Alexander setzt sich wenigstens durch mit Gelassenheit, an vielen Orten der Welt. Er zwinkert dem Barkeeper zu – auch dieses Getränk notiert er nicht auf Alexanders Deckel.

Ich blicke zu den Kugellampen hoch, die an Ketten von der Decke hängen und gedämpftes Licht auf die Theke werfen, blass und leicht wie der Geschmack meiner Pina Colada und verschwommen wie meine Ideen über ferne Länder. Sollten wir länger miteinander zu tun haben, werden sich Alexanders Geschichten allmählich wiederholen, aber das ist momentan nicht wichtig.

„Hör' auf zu träumen!", sagt er und schildert die windschiefen Häuser an den Grachten und seine Treffen mit den Leuten. „Die Grenzen sind wirklich frei in Europa. Du kannst das kaum mit den Zuständen in Lateinamerika vergleichen. Was soll hier schon großartig passieren!"

„Sie können dich einlochen."

„Ach Quatsch!", lacht er. „Grünschnabel, du musst die Lücken nutzen, die dir Länder und das Leben bieten."

Er lässt bei jedem dritten Wort seine Handkante sachte auf dem Tresen niedergehen und trinkt mit der anderen von seinem Cocktail:

„Grünschnabel: Kein Himmel ist weit am Tag, lass dich bloß nicht hängen! Mein Angebot steht. Denk' drüber nach!"

Ich bestelle mir eine neue Pina Colada und sehe mich um. Es hat sich wenig verändert, auch ohne die gutaussehende Bedienung, die man jetzt in der anderen Bar treffen kann. Der Vorschlag von Alexander klingt gut, doch morgen wird es anders aussehen. Ich frage ihn also, was er heute Abend vorhat und schlage eine Fahrt nach draußen an die Havel vor:

„Wir können mein Teleskop und ein paar Sachen zu rauchen einstecken, zwei, drei Leute aufgabeln und raus und einfach draußen sitzen."

„Du siehst nicht mal den Zapfhahn vor dir. Vor meiner Tour war das so und jetzt genauso. Und du quatscht immer von den Klamotten, die zu erledigen wären, dieses anständige, bürgerliche Zeug. Eigentlich bist du ein Streber. Du hast nur gerade 'ne Sinnkrise, deswegen hängst du mit Leuten ab wie mir."

„Und du bist wichtig, du Arschloch?"

Er lächelt.

„Dann sag' doch mal, wo dein beschissener Pass steckt und die ganze Kohle, um nach Curaçao zu fliegen?"

„Hört, hört, Grünschnabel lernt. Nur weiter so!"

Er prostet mir zu, doch ich blicke zu den Kugellampen hoch.

Auf der Toilette weht ein kalter Luftzug durch das Fenster. Eigentlich muss ich nicht pinkeln, ich bin nur hergekommen, um Zeit zu gewinnen. Zum Glück habe ich mein Diktiergerät dabei. Dieses Ding ist die einzige Konstante in meinem Leben. Es belohnt mich immer: Habe ich eine Idee, kann ich frei drauflos sprechen, ohne dass mich jemand unterbricht. Und wenn mir nichts mehr einfällt, spule ich einfach zu den alten Aufzeichnungen zurück und höre sie ab und überspreche hier und da einen Satz:

Nichts ändert sich an der flirrenden Hitze. Der Großstadtlärm rauscht unentwegt, nur hier und da übertönt die Sirene eines Krankenwagens das Hupen und das Beschleunigen das Klagen irgendwelcher Fußgänger das Abbremsen und Quietschen der Reifen und die Arbeitsgeräusche der Dachdecker auf dem Gerüst vor unserer Fassade. Viele Häuser in der Straße werden renoviert. Mit der Wende kamen die Bestimmungen, die Verordnungen zum Ausbau, zur Erneuerung des Stadtbildes. Altbauten waren in wenigen Jahren per Beschluss zu sanieren, Fassaden in ihren ursprünglichen Zustand zu versetzen, Straßen werden an jeder Ecke begradigt, neu gebaut und zahllose Gebäude errichtet. Nachrichtenbilder und Kommentare kommen wie sie gehen, Chronisten dokumentieren die Entwicklung des Ausbaus und man kritisiert, man entwickelt düstere Visionen für die Jahrtausendwende, doch still und heimlich werden immerzu neue Einweihungsbänder von Herren in Grau mit jenen Scheren durchtrennt, deren Kosten einem Obdachlosen das Leben für einen Monat garantieren könnten. Wer abseits das scheinbar gleiche Bild nur in bescheidenen Dimensionen vorfindet – denn kein Fleck außer den Vierteln der Reichen, die schon vor der Wende in Reichtum lebten, bleibt von der Bauwut verschont –, derjenige hat bereits verlernt die Meldungen von Baukrisen, Konkursen, Arbeitslosigkeit und Armut zu begreifen. Für ihn erscheint all das so ohne Realität wie unsere Lieder der weißen, frostigen Weihnacht den Antipoden. Einzig die Armut noch, sie kommt ungeschminkt daher, sie berührt, sie ist bodenständig genug, aber auch sie wird sich bald in die Kanalisation unserer Stadt verkriechen und unsichtbar vermodern.

Die Hände riechen stark nach der Seife. Ich spule das Band im Diktiergerät eine Sekunde vor, weil ich einen neuen Abschnitt beginnen will. Dann stecke ich das Taschentuch in die Hosentasche und verlasse die Toilette und sehe Alexander, der nicht mehr allein ist. Es ist die Frau, mit der er die Wohnungsanzeigen gelesen hat, als wir uns kennen lernten.

„Das ist Maria", sagt Alexander und wir reichen uns die Hände, ich setze mich und nippe an meiner Pina Colada. Über die Dächer der Wagen draußen huschen die Schatten der Bäume hinweg. Das Licht der Laternen bricht sich in den Fensterfronten der Bar und ein Teil des Interieurs fließt mitten auf den Bürgersteig. Ich sollte Alexander fragen, ob er mich nach Curaçao mitnimmt.

Und dann gibt Alexander seine Pläne preis. Ich schaue Maria an: Sie wollen kein Geld von mir, sie wollen Geld an mich überweisen, das ich später an eine Adresse in der Karibik transferiere. Ich solle Maria ein Angebot für eine Werbekampagne machen und erhielte dann einen Auftrag, für den sie mich bezahlen würde. Auch ein Teil des Vertriebs käme mir offiziell zu. Maria vertrete zehn Geschäfte in Deutschland, ebenso viele in den Niederlanden und eine Fertigung auf Curaçao. Das erkläre die große Summe, falls meine Bank nachfragen würde. Niemand kenne die Verbindung zwischen ihm und Maria, alles sei bestens.

„Meine Auftragslage ist ganz gut", sage ich zu Maria. „Der Auftrag passt in die Entwicklung. Viele Kontobewegungen."

„Das ist gut", sagt Alexander. „Formell betrachtet hat sie eine kleine Kette von Geschäften für bessere Damenmode."

Ich muss sofort an Adelheid denken.

„Wir werden dich genau beobachten", sagt Alexander.

„Vertrauen ist gut, Kontrolle ist besser", sage ich und zünde mir eine Zigarette an und schlage ein weiteres Mal vor, an die Havel zu fahren:

„Mir läge was dran."

„Du überstehst doch keine Polizeikontrolle mehr", sagt Maria.

„Seit wann interessiert euch mein Leumund?"

„Der Mann ist gar nicht so blöd wie ich dachte", sagt Alexander.

In den Straßen liegt eine Glückseligkeit unter dem Baldachin, den Schattenwürfen der Platanen, die Schlag um Schlag deine Augen treffen – ganz gleich, ob das Licht von der Sonne stammt oder profanen Lampen in der Nacht. Wir haben uns auf den Weg gemacht und Alexander ist Beifahrer, lehnt die Füße zur Seite aus dem Wagen und Maria sitzt zwischen uns auf dem Notsitz. Sie zeigt mir etwas auf dem Asphalt vor uns: Ein Fasan hat sich aus dem Gebüsch an den Straßenrand verirrt, flattert einige Sekunden aufgescheucht in Bodennähe und läuft dann mit aufgerichtetem Schwanz in das Dickicht zurück.

Um diese Stunden findet sich kein Drang auf den Ausfallstraßen. Wenige pendeln zwischen den Spuren und suchen einen Vorteil gegenüber dem Vordermann. Ich denke an ein Eis bei Emporio und drehe den Lautstärkeregler hoch bis zum Anschlag, worauf Maria mit großen Augen fragt, was jetzt für ein Lied folgen würde und ob sie sich die Finger in die Ohren stecken müsse. Doch ich antworte nicht. Ein Geräusch von Maschinen, Schlägen und ein Donnern und das Morsesignal setzen ein, dann folgen die ersten Beats der beiden Diskjockeys aus London. Für einen Moment sehe ich Maria in die Augen, sehe den Straßenrand an uns vorüberziehen, die Sträucher in den Vorgärten und den sanften Schwung der Straße vor den Wäldern an der Havel. Ein tiefes Raunen dringt aus den Lautsprechern und dann ein unverständliches Murmeln. *Timber* ist der Wortlaut dieser Frauenstimme, sie spricht in ihrer Eingeborenensprache.

Alexander ruft, wir sollten langsamer fahren, wenn die Brücken kämen, er wolle sich die Boote ansehen. Ich gehe vom Gas, weil ich die Brücke schon sehen kann und entzünde mir eine Zigarette.

„Du rauchst sehr viel", sagt Maria, worauf ich nicke.

„Fährst du gern hinaus?", frage ich sie, doch sie schüttelt den Kopf.

Ich blase den Rauch aus meinen Lungen und halte das Steuer fest im Griff, sehe in den Rückspiegel und bin sicher, wir haben nichts zu befürchten: Unser Weg wird keine Unterbrechung finden, keine Polizeikontrolle. Ich verschwende meine Hoffnung auf einen Blick in den Himmel nicht gern an die Ordnung der Welt. Sie sollten uns besser nicht aufhalten. Wir werden Biegung um Biegung das Viertel hinter der Havel hochfahren, den Wagen am Park abstellen oder neben der Bank, wenn die Schranke offen ist. Ich drossle das Tempo und frage Alexander, ob er die Masten der Boote am Stößensee gesehen habe.

„So einen Schipper lege ich mir zu", ruft er über die laute Musik hinweg und meint eines der größeren Boote, die an den Ufern des Sees liegen.

Ich drehe leiser.

„Danke", sagt Maria.

„Es gibt viele, die über die Kanäle von hier bis in die Ostsee fahren und dann Segel setzen und bis nach Schweden und Norwegen kommen."

„Bis nach Oslo?", fragt er.

„Na klar!", entgegne ich, „manche bauen sich die Boote selbst, wenn das Geld fehlt."

Maria sieht auf die Straße und lehnt ihren Kopf in die Handfläche. Sie wirkt träumerisch, ihre Augen blitzen im Licht der Straßenlaternen, nachdem wir auch die Brücke über die Havel passiert haben und in den letzten Stadtteil fahren, hinter dem das Land beginnt. Ich ziehe den Porsche auf den Linksabbieger und wir haben Grün, ich nehme den Schwung mit in die nächste Straße und fahre gleich wieder links: Hier beginnt das bessere Viertel. Ich steuere den Wagen um die engen Kurven, während Alexander mein Handschuhfach zu öffnen versucht. Doch wir biegen schon auf die Haveldüne ein und rollen aus.

„Hier parken wir", sage ich.

Hinter der Schranke stehen kleine Birken. Sie rauschen im Wind, der über die Flussbreite kommt. Ich nehme das Teleskop aus dem Kofferraum, entdecke noch eine Flasche Rotwein, stelle die Sachen auf dem Schotter ab und ziehe den Schlüssel.

„Jetzt wartet mal einen Moment!"

Doch Maria und Alexander sind bereits auf dem Weg zur Aussicht.

„Nach links müsst ihr gehen!"

Sie sind schon in der Nähe des Hanges, der zum Wasser führt und ich brauche einige Versuche, bis das Teleskop und Stativ sicher unter dem Arm klemmen und ich die Weinflasche und die Jacke fest in den Händen halte, zusammen mit dem Wagenschlüssel.

„Wir gehen da vorne zu den Parkbänken!"

„Ich sehe hier nicht einen Meter Dünensand", ruft Alexander. „Und bis zum Wasser sind es zweihundert Meter. Und dazwischen sind irgendwelche Gebäude und Zäune. Wieso Haveldüne?"

„Das ist nur ein Straßenname", sage ich.

„Wozu sind wir hier?"

„Ihr könnt ja wieder fahren!", sage ich. „Hier, mein Schlüssel, wenn dir der Blick nicht gefällt."

Maria nimmt seinen Arm und zeigt auf die Havel und den Mond, der über dem Grunewald aufgeht und das Wasser funkeln lässt.

„Gut, gut!", meint er und setzt sich mit ihr auf eine Bank.

Ich befestige das Teleskop auf dem Stativ und richte es aus.

„Norwegen", sage ich und zeige auf die Flussbreite. „Wart ihr mal in Norwegen?"

„Norwegen, nein!", sagt Alexander.

„Ich auch nicht, ihr Grünschnäbel. Aber vielleicht sieht es dort so aus."

„Ja, so wird es aussehen", meint sie und lehnt sich in die Parkbank zurück.

„Na, ja!", meint Alexander: „Ein Fjord ist das nicht. Die paar Hügel hier und der mickrige Fluss."

Ich versuche den Korken mit dem Daumen in den Flaschenhals zu drücken. Aber heute muss ich einen Kugelschreiber zu Hilfe nehmen, zum Glück mit Erfolg:

„Wer möchte?"

Wir sitzen für eine Weile dort und ich entdecke die rote Zierkirsche, die bei Nacht verloren zwischen den anderen Bäumen am Hang steht – ihre blutige Farbenpracht bleibt in der Dunkelheit unsichtbar.

„Rückt ihr noch ein Stück?", frage ich.

Für einen Moment ist es still. Wir teilen uns die Flasche Rotwein. Unser Verhältnis scheint besser zu werden, seit ich Alexanders Vorschlag angenommen habe – seit wir die Mokkabar verlassen haben, hat er mich kein einziges Mal Grünschnabel genannt. Auch lassen seine Erzählungen aus fernen Ländern nach. Curaçao und sein Leben dort, das Leben eines kleinen Ganoven. Maxell ist auch von diesem Schlag. Nichts davon bekomme ich zu hören und biete den beiden Zigaretten an. Langsam wird sich unser Gemüt mit jedem Schluck Wein beruhigen. Tief dringt die frische Luft in unsere Lungenflügel und ich sehe auf das schwarze Wasser. Ich kenne den einen oder anderen Menschen hier, der mir in jeder Lebenslage einen Tipp geben kann.

Ich nehme einen Schluck aus der Flasche und sehe auf Alexanders Hände: Er rollt einen Joint. Dann frage ich Maria nach dem Moment ihres Lebens, den sie grotesk nennen würde. Für eine geraume Zeit ist sie zögerlich, bis sie wissen will, warum mich das überhaupt interessiert.

„Sag's mir doch einfach!"

„Wollt ihr?", fragt Alexander.

„Warum nicht", erwidere ich und nehme den Joint entgegen, nachdem Alexander tief inhaliert hat.

„Möchtest du nicht?", frage ich Maria.

„Nicht heute."

Alexander murmelt vor sich hin und verstummt dann, ohne dass ich verstanden habe, was er meint. Maria wirkt nachdenklich, als schiene sie Lust an dem Fragespiel zu haben, nach der Groteske. Langsam spüre ich den Druck in meinen Lungen und muss wieder ausatmen.

„Na, da ist jemand nichts gewohnt", sagt Alexander.

„Was wirklich grotesk war?", fragt Maria.

„Genau, die große Groteske", sage ich, doch sie antwortet nicht.

„Warum parken wir deinen Porsche nicht direkt neben uns an der Bank?", fragt Alexander. „Dann können wir Musik hören."

„Die Schranke ist unten", sage ich. „Außerdem muss einer noch zur Tankstelle fahren und neuen Wein holen."

„Ja, Grünschnabel! Ich übernehme das. Und dann können wir in Ruhe auf dieses Norwegen-Dingsda sehen."

Ich gebe ihm die Schlüssel und drücke ihm einen Schein in die Hand.

„Norwegen", sagt Maria. „Ich war noch nie in Norwegen."

„Es muss schön sein dort oben", sage ich.

„Norwegen wäre schön, Curaçao auch, also was soll's", entgegnet Alexander, schüttelt den Kopf und geht zum Wagen.

Ein Boot patrouilliert nahe des anderen Ufers und richtet einen Suchscheinwerfer auf die Böschungen, ohne die Fahrt zu drosseln, ohne beizudrehen für eine neue Route und ich lasse den Blick schweifen über mein winziges Stück Skandinavien am Rande der Stadt. Ich schildere Maria die Groteske über den alten Mann, der die Fischdosen in Victoriastadt alle paar Meter aufstellte, weil er meinte, die streunenden Katzen versorgen zu müssen.

„Du übertreibst", sagt sie.

Auf dem Parkplatz ist der Motor meines kleinen Porsche zur hören, Alexander tritt das Gaspedal kräftig durch und die Reifen quietschen. Wir hören, wie er in die Bremsen steigt vor der nächsten Kurve, dann ist es still.

Maria traut sich den Joint jetzt doch zu, hustet aber und versucht die Haltung zu bewahren, ehe sie ein weiteres Mal zieht und mir deutet, ich solle ihn nehmen. Wir bleiben beieinander sitzen und sehen uns nicht in die Augen. Sie beantwortet auch nicht meine Frage nach der Groteske und blickt stattdessen auf den Fluss mit dunklen Augen.

„Haust du ab mit ihm nach Curaçao?", frage ich.

„Mag sein", antwortet sie und blickt aufs Wasser, als visiere sie einen exakten Punkt an: Bewegungen über dem schwarzen Wasser oder Spaziergänger am Uferrand. „Kann sein, dass ich in zwei Monaten fliege, wenn es mit dem Geld geklappt hat."

„Was springt eigentlich für mich dabei raus?"

„Erstmal nichts."

„Und damit soll ich mich zufriedengeben?"

„Du kannst ihm ja erzählen, dass es dir nicht reicht. Du hast ihm dein Wort gegeben. Aber, wenn du auf eigene Faust nach Curaçao willst: Er hat gute Kontakte. Er wird dir nichts ausschlagen. Doch in Deutschland muss er sich auf dich verlassen können."

„Ihr zieht mich über den Tisch", sage ich. „Ihr stellt die Bedingungen und zweifelt an meiner Verlässlichkeit."

„Was beschwerst du dich bei mir. Echte Männer nutzen so eine Gelegenheit nachts auf der Parkbank aus. Aber du jammerst die ganze Zeit nur rum."

Alexander fährt den Porsche bis zu uns an die Parkbank. Er stellt den Motor ab und kramt ein paar Sachen zusammen. Ich drehe mich um und schätze die Sekunden ab:

„Wir holen das nach, auf Curaçao."

Sie schaut mich skeptisch an und mittlerweile steht Alexander neben mir und zögert, weil er vermutlich überlegt, was in der Zwischenzeit geschehen ist. Doch er setzt sich ohne Worte und zeigt uns den Wein: Er habe sogar einen Korkenzieher besorgt. Länger wolle er das nicht mit ansehen, wie ich den Korken in die Flasche drücke. Gute Idee, sage ich und nehme die Flasche, ziehe den Korken und biete den beiden Wein an.

„Ein schöner Wagen", sagt er.

„Danke! Wie bist du durch die Schranke gekommen?"

Er lächelt.

„Deine Haare", sagt Maria, „genau wie das Auto, nicht wahr?"

„Ja, wie der Wagen. Wollen wir ein bisschen in die Sterne sehen?", sage ich, während Alexander mir die Autoschlüssel gibt.

„Was ist dort oben am interessantesten?", fragt Maria.

Und ich zeige beiden die Sterne, deute an, woran sie sich orientieren können am Himmelszelt: „Ein wenig mehr links, neben dem sehr hellen Stern, der von zwei kleinen flankiert wird."

„Oh, ja!", sagt sie. „Ich glaub' ich habe ihn."

„Willst du was von meinem Zeug?", frage ich Alexander.

„Na, klar!", meint er und sie reicht es ihm, während sie durch das Teleskop blickt.

„Ihr seid in Ordnung", sage ich. „Ich bin froh euch getroffen zu haben."

„Grünschnabel, wir werden sehen, wie wir miteinander auskommen."

Maria blinzelt durch das Okular.

„Ich hätte mir nie träumen lassen, mal eine krumme Sache zu drehen."

„Was heißt hier krumme Sache?", sagt er. „Du bekommst einen Batzen Geld und wirst ihn mir zurückgeben, mehr ist das nicht."

„Stimmt", sage ich, „mehr ist es nicht."

Alexander sitzt wieder in meinem Wagen. Ich nehme mein Diktiergerät aus der Hemdtasche und spule das Band ein gutes Stück zurück und sage ihm, er solle die Musik aufdrehen, das Stück von Coldcut.

Maria sieht noch immer durch das Okular:

„Sie funkeln ja wieder", sagt sie.

„Die Luft bewegt sich oben in der Atmosphäre", sage ich. „Sie ist unterschiedlich warm. Daran bricht sich das Licht der Sterne. Planeten funkeln nicht, ihr Lichtstrahl ist zu breit."

„Sag' mal, Grünschnabel", meint sie. „Ich meine es gut mit dir, weißt du?"

„Ja!", sage ich. „Curaçao oder Norwegen."

Ich stemme mich von der Parkbank hoch und sage, ich ginge jetzt den Hang hinunter und wolle mal sehen, wie es um das Wasser stünde. In diesen Tagen ist es noch warm genug, es ließe sich eine kleine Bahn durch die schwachen Wellen ziehen, die ganz allein vom Wind hervorgerufen werden. Die ersten Schritte sind schwer, ich nehme einen Schluck aus der Flasche. Im Stehen spüre ich den Wein stärker und bahne mir den Weg durch das Dickicht.

„Wir kommen gleich nach", rufen sie von oben, während ich mich an einen Baum stütze. Ich habe den Wagenschlüssel in meiner Hosentasche, greife zur Sicherheit noch einmal hinein. Alexander und Maria werden sicherlich nachkommen, das Teleskop können sie gerne mitnehmen. Dann gehe ich weiter hinab und meine Fußgelenke sind wackelig. Das Unterholz wird immer dichter, ich bleibe ständig mit den Hemdsärmeln und den Hosenbeinen im Gestrüpp hängen, weil es dorniger wird mit jedem Schritt bergab. Ich ziehe mir das Hemd aus und dann die Hose, nehme noch den Autoschlüssel aus der Tasche und werfe die Klamotten weg. Irgendwo muss ich die Rotweinflasche auf den Boden gestellt haben, finde sie aber nicht mehr, weil es so dunkel ist und ich den Blick zurück nach oben verloren habe. Ich halte den Schlüssel fest in der rechten Hand und schiebe die Zweige zur Seite und spüre, wie die Dornen sich in meine Haut bohren. Irgendwo da unten hinter der finsteren Dunkelheit liegt die Straße entlang der Flussbreite. Ich gehe also Schritt für Schritt und rieche schon das Blut an meinen Händen, an den Unterarmen und spüre es langsam über meine Schienbeine und die Brust fließen. Und während ich für eine Sekunde innehalte und die Musik oben auf dem Hügel verstummt und selbst die Vögel plötzlich leise werden, höre ich das Blut auf die Blätter am Boden tropfen, wenn mein Herz pulsiert.

Von der Kühlerhaube steigt Wasserdampf auf und verliert sich unter dem Schein der Laterne in die Nachtluft – langsam und leise und von einem schwachen Zischen begleitet steigen die Schwaden aus dem Motorblock. Auf dem Beifahrersitz liegt das Teleskop sorgsam in seine Einzelteile zerlegt und die Motorhaube wirkt eingerissen und verkeilt in den Pfahl einer Laterne. Ich versuche mich umzusehen, die Orientierung zu gewinnen. Meine Haut riecht nach Blut und ich reibe mir den Nacken und drehe den Kopf behutsam von links nach rechts: Zur Hälfte steht der Wagen auf dem Bürgersteig, auf der falschen Straßenseite, was immer auch geschehen ist. Hinter dem Laternenschein erheben sich die Fassaden einer Häuserzeile, es brennt kein Licht in den Fenstern und niemand befindet sich auf der Straße oder den Gehwegen, außer mir.

Die Temperatur ist gefallen und die kühle Luft spannt meine Nasenflügel, ohne dass ich klare Gedanken erwische. Der Wagen wirkt unruhig, obgleich der Motor stillsteht und das Chassis nicht vibriert. Ich fasse mir in die Haare und drücke sie mit den Fingerkuppen kräftig über die Kopfhaut nach hinten, mache es wieder und wieder, bis ich helle Flächen auf dem Beifahrersitz zwischen den Teilen des Teleskops entdecke. Auch wenn ich nicht weiß, warum ich hier bin und wie es zustande kam, so wird mir doch immer klarer, worin sich das Licht der Laterne im dunklen Beifahrerraum bricht: Die Klappe des Handschuhfachs ist aufgesprungen und es streut die vielen Umschläge weiß in das Licht der Straßenlaterne. Jedes Kuvert zeigt undeutlich den Adressaten und ich greife über die Schmerzen im Nacken hinaus und erwische ein Kuvert und betrachte die Vorderseite, die Adresse, die

Briefmarke mit dem Konterfei Marlene Dietrichs und stecke den Zeigefinger in die Lasche, reiße sie auf, zerre den Inhalt heraus und halte ihn gegen das neonweiße Licht:

Die bundesdeutschen Farben springen vom Untergrund ab, in feinen Zügen und von sauberen Konturen umrandet. Alles ist exakt ausgearbeitet, ich habe es gut gemacht, wirklich gut. Und darunter fußen die Erläuterungen in guter Sprache – ich bin wirklich nicht der, der seinen Entwürfen keine gescheite Fassade verpasst, sie nicht betiteln und in den geeigneten Rahmen zu stellen vermag. Ich nehme die anderen Umschläge und reiße sie auf, halte die Blätter gegen das Licht und fasse mir in den Nacken: Jede Identität eines Kunden schwebt eigenständig in ihren Farben und Geometrien und beinahe mit räumlicher Wirkung auf den weißen Blättern vor mir im Straßenlicht. Sie hätten mir die Aufträge bestimmt gegeben, sie hätten meine Entwürfe zumindest geprüft, wären sie auf ihre Tische gelangt. Vielleicht haben sie insgeheim solche Konzepte erhofft. Es wäre ein bisschen Geld in die leere Kasse gekommen und ich hätte endlich wieder einen Namen gehabt, doch ich werfe die Umschläge und Blätter auf die Straße, Stück für Stück, bis keines mehr im Wagen liegt. Dann sehe ich hoch zu den Laternen in den Himmel: Der Himmel ist aubergine.

Ein leichtes Funken entsteht im Motor. Ich raffe mich auf und öffne mit einem Ruck die verzogene Tür. Ein kalter Wind fällt mir über den Rücken und ich sehe mich um. Die Blätter und Umschläge flattern auf dem Asphalt. Noch immer dringen die Schwaden aus dem Kühler hoch und ich sehe den Schlüsselbund im Lenkradschloss stecken, ganz ohne eine Bewegung, als hätte ich für Stunden nach dem Aufprall hier gestanden.

Über die Häuserzeile erheben sich zwei Kirchturmspitzen – ich bin in der Nähe meiner Wohnung auf der anderen Seite des Viktoriaparks am Fuße des Kreuzbergs. Bäume ragen hinter niedrigen Sträuchern am Rande der anderen Straßenseite auf, japanische Zierkirschen und eine kleinwüchsige Erle direkt an der Mauer, die aus kleinen Granitblöcken gleichmäßig aufgetürmt ist und in einer langen Front die schwach ansteigende Straße begrenzt. Ich spitze die Augen und erkenne den Rand des Parks sehr genau, ich sehe noch einmal in das Wageninnere und überquere die Straße hin zu einem Weg, der inmitten der niedrigen Baumreihen seinen Anfang nimmt. Nichts regt sich unter dem Sternenhimmel: Die Tiere im Gehege nahe des Wasserfalls haben sich in ihre Hütten verzogen, die Vögel rufen mit festen Krallen auf ihren Stangen in den Volièren nicht einen Laut aus, während ich den Park betrete. Der Weg steigt an und führt mich über eine Brücke aus festem Holz – ich lehne mich sachte an und streiche die Fingerkuppen über die abblätternde Farbe der Brüstung. Darunter sehe ich die dichte, tropisch feingliedrige Maserung. Es ist das Material, aus dem man teure Bootsstege baut. Und dann wird mir klar, wie das Wasser unter mir rauscht: Wasser, das vom Kreuzberg über große Steine und Plateaus hinab in einen Teich an der Straße fließt. Dass irgendwer vergessen hat, die Anlage zu Beginn der Nacht vom Netz zu nehmen – nur am Tag, wenn die Kinderwagen durch den Park geschoben werden und die Wiesen bevölkert sind, rauscht das Wasser von oben bis an diese Stelle und ich raufe mich zusammen, schwenke das erste Bein über die Brüstung und lasse mich langsam hinabgleiten, bis die Fußspitzen feucht werden.

Es liegt einige Tage zurück, da sie am Vormittag eine Leiche auf dem ersten Plateau fotografierten. Ein Arm wippte sanft in der Strömung, während der Körper bäuchlings auf dem Flussbett lag: Ein Türkenjunge, vielleicht 18 Jahre alt, mit drei Messerstichen in der Brust und aufgedunsenem Gesicht. Das Wasser wurde gegen sechs Uhr in der Frühe angestellt und begann seinen Körper zu umspülen, bis es ihn anhob und gegen die Kanten des ersten Plateaus drückte. Er muss einige Stunden dort gelegen haben, dass die einsetzende Leichenstarre ihn schützte, mit dem Sog bis an die Straße gespült zu werden. Gegen Morgen entdeckte eine Frau ihn, während seine Schuhe über den befestigten Steinen lagen und ein Ring an seiner rechten Hand bereits oxidierte.

Zu beiden Seiten des Wasserfalls liegt hier kein Zugang außer dem dichten Strauchwerk, das bis zur künstlichen Quelle hinauf das Flussbett umrandet. Der Türkenjunge mag von oben herab geflüchtet sein oder sein Heil im Weg über die Steine bis zur Quelle hoch gesucht haben, eines von beidem, bis sie ihn an dieser Stelle niederstreckten.

Hinter dem Strauchwerk stehen die großen Bäume mit ihren mächtigen Stämmen. Er wird die Blutbuchen und amerikanischen Eichen, die Silberlinden mit ihren glänzenden Blattrücken in der Nacht übersehen haben, die Kastanien in ihrem flügelhaften Blattwerk und all jene Bäume mit fester, wachsender Rinde, die am Fuße des Hanges stehen und über dem zweiten Plateau in niedere Sträucher münden, ehe das helle Kiesfeld sich bis zu den Grundfesten des Nationaldenkmals öffnet.

Ich habe auf dich gewartet. Deutlich sehe ich deine Arme in der Strömung pendeln, sehe den oxidierten Silberring, deine schwarzen Haare im Spiel des Wasserlaufs und kann dir nicht mehr helfen. Drei, vier Tage nach deinem Tod entsteige ich dem Wasserfall und bin vor den Mauern des Denkmals am Kiesfeld und blicke hinauf zur Spitze. Es steht kein Mond am Himmel und erleuchtet den Weg. Die Stufen zum Denkmal brechen sich dunkel im Nachtlicht wie die Moosflechten über die steinernen Mauergeländer kriechen und die Absperrgitter Stufe für Stufe zum Vorschein bringen mit den Baugerüsten, die das baufällige Monument ganzseitig umranden. Noch ein paar Schritte und ich bin fast angekommen. Ich sollte mir eine Zigarette anzünden nur für den Augenblick, doch ich drehe mich nicht um, ich suche den geeigneten Tritt in den Absperrgittern und greife mit den Händen ganz weit oben hin und springe auf die andere Seite. Ich habe auf dich gewartet, kleiner Türkenjunge. Tage zuvor wurde es dir zu eng in deiner Haut, doch es waren andere, die deine Hüllen sprengten. Nur die wenigsten retten ihr Inneres nackt über die Zeit.

Vor mir flattern die Verkleidungen der Baugerüste im Wind. Meter für Meter wandert meine Hand über die Planen, die das Denkmal sicher verhüllen, bis ich einen Karabiner lose finde. Ich strecke die Arme hindurch und eine Bautreppe führt mich höher. Ich muss sorgsam sein, da jeder Tritt auf die Sprossen ein ungewöhnliches Geräusch erzeugt. Sekunden dauert jeder Schritt – die Zeit spielt keine Rolle mehr, nur jeder sichere Halt der Fußballen und Fersen und Handflächen zum Weg hinauf. Mein Nacken schmerzt und ich reibe mich, der Schorf reißt auf von Neuem und das Blut riecht intensiv: Von den Schlüsselbeinen an zur Brust bis an die Beine und entlang der Arme löst sie sich und hängt in kleinen Fetzen dünn wie Pergament herab.

Der Wind schlägt kalt und hart für einen Sommerabend auf die Folien des Denkmals. Langsam steige ich die letzten Meter hoch. Alles ist in bester Ordnung, nichts kann mehr geschehen, überhaupt nichts kann geschehen. Ein paar gute Tritte auf der Leiter noch, dann naht die oberste Planke des Baugerüstes über mir: Erst jetzt setze ich den Fuß hinüber auf die eisernen Streben des Monumentes. Die Säulen geben mir sicheren Halt, während der Boden unter mir dunkel schwindet. Nur der Blick hinauf eröffnet die ersten Flecken des nächtlichen Himmels. Immer noch fängt sich der Wind in den Verkleidungen und lose Karabiner schlagen kalt gegen die Bretter und Gestänge der Gerüste. Jeder halbe Meter näher bis zur Spitze gibt mir ein Stück mehr vom Himmel und bald habe ich das Sommerdreieck fest im Blick wie es schön und ruhig dort oben steht und steht. Ich hieve mich noch einige, wenige Zentimeter in die Höhe und drehe mich endlich um – erst jetzt sehe ich die Stadt in ihren ganzen

Ausmaßen zu meinen Füßen friedvoll liegen. Und nur am Rande des nächtlichen Horizonts funkeln vereinzelte Lichter und mischen sich mit dem Blau im dunklen Firmament. *Timber.* Im Grunde besitze ich einen Ruhepuls von etwa 57 Schlägen.